最美
开学致辞

《最美致辞》编委会 编

中国财富出版社有限公司

图书在版编目（CIP）数据

最美开学致辞/《最美致辞》编委会编. —北京：中国财富出版社有限公司，2023.11

ISBN 978-7-5047-8014-0

Ⅰ.①最… Ⅱ.①最… Ⅲ.①演讲—中国—当代—选集 Ⅳ.① I267

中国国家版本馆CIP数据核字（2023）第223329号

策划编辑	宋水秀	责任编辑	张红燕 宋水秀	版权编辑	李 洋
责任印制	梁 凡	责任校对	庞冰心	责任发行	杨恩磊

出版发行	中国财富出版社有限公司		
社　　址	北京市丰台区南四环西路188号5区20楼	邮政编码	100070
电　　话	010-52227588 转 2098（发行部）	010-52227588 转 321（总编室）	
	010-52227566（24小时读者服务）	010-52227588 转 305（质检部）	
网　　址	http://www.cfpress.com.cn	排　版	宝蕾元
经　　销	新华书店	印　刷	宝蕾元仁浩（天津）印刷有限公司
书　　号	ISBN 978-7-5047-8014-0/I·0369		
开　　本	710mm×1000mm 1/16	版　次	2024年1月第1版
印　　张	11.25	印　次	2024年1月第1次印刷
字　　数	150千字	定　价	48.00元

版权所有·侵权必究·印装差错·负责调换

目录

校长篇 / 1

勤而行之　日有所进 / 王希勤　　　　　　　　　　　3

在面向未来的学习中实现卓越发展 / 杜江峰　　　　　7

探索未至之境　拥抱无限可能 / 丁奎岭　　　　　　　11

学会创新　边界无疆 / 金力　　　　　　　　　　　　16

红专并进传承科大精神　科教报国续写时代华章 / 包信和　21

以归零的心态再出发 / 张平文　　　　　　　　　　　26

学以成人　研以成才 / 高松　　　　　　　　　　　　30

与优秀同行　与时代共进 / 汪劲松　　　　　　　　　35

空天报国志　青春启新程 / 王云鹏　　　　　　　　　40

立德明志强国梦　奋楫扬帆启新程 / 郑庆华　　　　　45

拥抱大学　臻于至善 / 张宗益　　　　　　　　　　　50

启兹重大　奋楫争先 / 王树新　　　　　　　　　　　56

四年后见证那个更加优秀的你 / 马怀德　　　　　　　61

赓续荣光　逐梦未来 / 郝芳　　　　　　　　　　　　65

教师篇 / 69

挥洒汗水　收获成长 / 田凌　　　　　　　　　　　　71

扎根　沉潜　蓄积　绽放 / 杨立华　　　　　　　　　75

放眼天下　术道兼修　挖掘宝藏北大 / 韩华	78
勇于进取　与物多情 / 陈尚君	82
不忘初心　牢记使命 / 陈小明	85
格物穷理　守拙创新 / 王猛	87
不负韶华　砥砺前行 / 王玉忠	90
肩负责任　迎接荣光 / 邓楚涵	93
崇尚思考　践行真知　绽放光芒 / 杨博	96

校友篇 / 101

重于实践　坚守初心 / 陈道富	103
在不确定中摸索　在坚定中螺旋上升 / 贾金锋	106
胸怀国之大者　奋进美好未来 / 陈占胜	110
以无用之灵魂，求有趣之生涯 / 陈龙	113
脚踏实地　不负韶华　不负时代 / 李胜	121
青春孕育无限希望　青年创新美好明天 / 石晓荣	124
志存高远　坚韧勤奋 / 戴永久	128
长风破浪会有时 / 于洲	132
乘长风　破万里浪 / 周汉民	135

学生篇 / 139

"清"春有为，吾辈自强 / 王圣杰	141
不负"北大"身份　交出完美答卷 / 陈浩伟	144
格物致知　在物院探求真知 / 李开阳	147

山河海海　共赴百卅之约 / 钟岩	149
鹏程万里今朝始　宏图展翅正当时 / 李秉乘	152
启航中大，迈向明天 / 林芷宁	154
带上心灵背包，踏上新征程 / 李奕乐	156
做天大人　立天大志　成天大事 / 邓靖凡	159
学无止境　气有浩然 / 陈雨晴	162
于人生之春绽放 / 王俊辉	165
成长无悔拼搏志　青春有为正当时 / 萧琦诺	168

校长篇

勤而行之　日有所进

清华大学校长　王希勤

亲爱的同学们、老师们：

今天，3000多名同学成为清华园的新主人，美丽的园子因你们的到来增添了蓬勃的生机与活力。在此，我代表全校师生员工，向你们表示热烈的欢迎！向培养你们的亲友、老师和关心你们的社会各界表示衷心的感谢！

2023级本科生是有着特殊学习经历的一届，你们高中三年的大部分时间都在疫情中度过。居家学习的日子里，你们付出了艰苦的努力，克服了很多困难，收获了成长，却也少了一些直接接触社会的机会。如今，你们怀着对未来的憧憬来到美丽的清华园，开启了人生新的篇章。我鼓励你们多接触实际、多了解实际，积极投身全面建设社会主义现代化国家的生动实践，从这里走向更广阔的天地，放飞更绚烂的梦想。

"行胜于言"是清华的校风，也是清华人"务实"特点的真实写照。"行"就是做事、就是实践，是我们认识世界、改造世界的根本途径。从已有认识出发，经过思考采取行动，再从行动中总结经验，经过省思获得新的认识，进一步提升"行"的能力，这构成了一个完整的循环。希望同学们少一些空谈、多一些实干，勤而行之、日有所进，在强国建设、民族复兴的伟大征程中作出应有的贡献。在这里，我给大家提三点建议。

第一，做事先有方，成事在于有准备。

一个人想要把事情做好，首先要学会做人，做个"大写的人"。做人要胸怀"国之大者"，树立国家为先、人民至上的价值取向。1935年本科毕业的王遵明学长面对国土沦陷、民不聊生的旧中国，意识到要免受外敌欺侮、增强国力，就必须要生产钢铁、振兴工业。于是他立志以钢铁报国，赴美学习冶金学，仅用两年半就获得了麻省理工学院的博士学位。博士毕业后，他自费到美国各大钢铁厂实习考察，为国学习先进技术。怀着"一个科学家没有理由不忠于抚育自己的祖国"的坚定信念，他于1941年毅然回国，将毕生精力投入到我国急需的钢铁铸造事业中，成功研制出球墨铸铁并将其应用于大规模工业生产。

"凡事预则立，不预则废"。做事要三思而后行、谋定而后动。飞天揽月是中华民族的千年夙愿。从二十世纪九十年代初开始，我国就组织力量研究中国月球探测的必要性和可行性，在综合分析世界各国已有成果与未来计划的基础上，充分考虑我国科学技术水平和综合国力，经过专家的多轮反复论证，制定了"绕、落、回"三步走战略规划。2004年，我国正式启动探月工程。经过近二十年的奋斗，中国航天人稳扎稳打、善作善成，圆满完成了绕月探测、落月勘察、采样返回三个递进衔接的阶段性任务，使我国在探月领域实现了从"跟跑"到"并跑"再到部分"领跑"的巨大进步。国家推进宏伟的事业要经过审慎的思考和长远的谋划，个人做事也要有谋划、有目标、有策略、有章法。

同学们，希望你们秉持"爱国奉献、追求卓越"的传统，志存高远、脚踏实地、循序渐进、有条不紊，在不懈奋斗中谱写新时代的青春之歌。

第二，做事要有恒，本事要在事上练。

"不积跬步，无以至千里；不积小流，无以成江海"。凡成大事者，必日积月累、持之以恒。中国科学院院士、我校航天航空学院教授黄克智先生每天早上4点半就起床读书看文献，花大力气啃最核心、最难读的文献，一份7页纸的文献曾被他写下了36页密密麻麻的笔记。对所读文献中的每一个公式，他都亲自推导，力求理解透彻，确保准确无误。这些习惯他一坚持就是数十年。正是这种厚积薄发的精神才使他破解了压力容器工程设计的世界难题，取得了一系列举世公认的学术成果。"君子之道，辟如行远必自迩，辟如登高必自卑"。只有从当下做起、从点滴做起，才能把事情做好做成。

做事不仅要不避于细，而且要不畏于难。唯有直面挑战、迎难而上、砥砺前行，才能练就过硬本领、实现青春梦想。7年前，一群清华本科生发起了极富挑战性的"天格计划"，希望通过自行研制并发射纳卫星科学载荷探测宇宙中的伽马射线暴现象。然而，圆梦之旅却困难重重。他们曾被专家质疑："卫星是国家层面的事，你们本科生做得了吗？"也曾在首颗载荷交付发射之际烧坏了电路，几乎功亏一篑。但他们不轻言放弃，连续两天不眠不休合力完成抢修，如期实现发射。凭着这种百折不回头的恒心和意志，"天格计划"团队成员已将5颗卫星载荷送入太空并取得科学成果，他们也因此成了名副其实的"追光少年"。

同学们，希望你们从我做起、从现在做起，不惧挑战、勇往直前，在真刀真枪的实干中成就一番事业。

第三，做事须省思，万事要求所以然。

省思是"行"的延续与升华，是对经验的提炼、对规律的把握、对认识的深化。省思的过程往往需要解放思想、打破成见，在深入学习、亲身实践和调查研究的基础上，通过思考抓住事物的本质、探求事物发展的客观规律。1926年下半年，农民运动在全国迅速发展，但同时党内外对农民运动也存在着诸多的非议、责难，甚至是污蔑。1927年1月，毛泽东同志历时32天、徒步700公里，赴湖南5县开展实地调查，获得大量第一手材料，深思熟虑后写下著名的《湖南农民运动考察报告》，以所见所闻力证农民运动"好得很"而非"糟得很"，明确贫农是"革命先锋"而非"痞子"，有力驳斥了党内外对农民运动的非议。这次经历也让他认识到动员组织农民参加革命的重要性，为他后来找到"农村包围城市"的革命道路提供了支撑。

通过省思探求规律，这是一个从感性认识上升到理性认识、从经验性认识上升到原理性认识的过程，让我们不仅知其然，更知其所以然。审美在这一过程中发挥着重要作用，审美所追求的情感体验是省思的动力，审美所追求的简约和谐是省思的目标。天地间的正道和真理往往被大师们以符合美的原则的形式表达出来。从哥白尼日心说到牛顿三大定律，从麦克斯韦方程组到爱因斯坦质能方程，无不体现这种简约和谐之美。"止于至善，方能臻于至美"，审美让省思更深刻，让我们在追求至善至美的过程中充盈内心、提升境界。

同学们，希望你们常省思、除偏见、善审美、出真知，以实事求是的态度干事创业，让人生在为祖国、为民族、为人民、为人类的不懈奋斗中绽放绚丽之花。

习近平总书记指出，"奋斗是青春最亮丽的底色，行动是青年最有效的磨砺"。清华园是你们人生新的起点。希望你们传承"自强不息、厚德载物"的校训，弘扬"严谨、勤奋、求实、创新"的学风，勤而行之、日有所进，成长为"又红又专、全面发展"的时代新人，在青春的赛道上跑出当代青年的最好成绩！

（本文为作者在清华大学2023年开学典礼上的讲话）

在面向未来的学习中实现卓越发展

浙江大学校长　杜江峰

亲爱的2023级同学们：

大家晚上好！祝贺风华正茂的你们来到浙江大学求学，开启新的征程、迈向美好未来。首先，我谨代表浙江大学，向全体新生表示热烈的欢迎！向帮助你们成长的师长和亲友，致以衷心的感谢！

来自五湖四海的你们，怀揣着梦想进入了浙江大学这所历史悠久、声誉卓著的高等学府。初入求是园，有的同学在"记录浙1刻"活动现场和家人一起定格了美好瞬间，有的同学在"求是、创新"校训的展板上找到了自己的名字，有的同学乘坐"求是号"校园巴士畅游了美丽校园，有的同学在食堂尝到了有家乡味的特色美食，有的同学迫不及待地走进了教室、图书馆，感受浙江大学的学术氛围。实际上浙大这座"宝山"值得大家用一生去探索和品味。作为我国近代高等教育史上具有典型意义的大学，这里持续涌现出包括诺贝尔奖获得者、国家勋章和国家荣誉称号获得者、220余位两院院士的杰出科学家、文化大师以及各行各业的精英翘楚，产出了我国第一颗皮卫星、第一条大飞机数字化装配生产线、第一台亿级神经元类脑计算机、第一套《中国历代绘画大系》等引领前沿的创新成果，孕育了"海纳江河、启真厚德、开物前民、树我邦国"的浙大精神，在与民族共命运、与时代同进步、与科学同发展中建设成为世界一流的综合型、研究型、创新型大学。相信从"浙"里启航，你们也一定能成为灿若星辰的浙大人。

意蕴深远的浙大校歌以"大不自多，海纳江河。惟学无际，际于天地"开篇，揭示了学无止境的哲理和大学对至高学问的追求。当今世界已进入"大科学时代"，新一轮科技革命和产业变革突飞猛进，ChatGPT、合成生物学等新技术层出不穷，"人机物"三元融合的万物智能互联网时代加速到来。同学们进入浙大，就要主动适应面向未来的学习，利用丰富的学习空间打下坚实的学业基础，强化以使命为驱动的学习，提升探究式学习能力，在全球学习中不断地超越自我。借此机会，我非常想和大家分享三点期待。

第一，强化有使命感的学习，在培根铸魂中厚植"树我邦国"的理想信念。

同学们寒窗苦读十余载进入理想的大学，有没有思考过今后的奋斗目标是什么？以往孜孜不倦的学习动力还有没有？现实中，有些同学对未来感到迷茫，对成长感到焦虑烦恼。身为浙大人，要践行"树我邦国"的浙大精神，沿着浙大先辈们的足迹以家国情怀激发学习使命，杜绝"躺平""颓废"和虚度光阴。学校设立的程开甲事迹陈列室，展示了程开甲先生为国铸盾的一生。他坚定地将个人学习、研究与国家所需紧密相连，很早就树立了科学救国的学习志向；留英学成后放弃国外的优厚待遇，毅然归国任教，后来又因国家急需投身国防科研战场，在大漠戈壁隐姓埋名数十载，成为"两弹一星"元勋。他曾言："常有人问我对自身价值和人生追求的看法，我说，我的目标是一切为了祖国的需要。"

在未来的学习生活中，期待同学们适应有使命感的学习要求，从科学家精神教育基地等"红色根脉"中汲取学习奋进的不竭动力,增强追求高深学问、矢志报效祖国的主动性和责任感,始终以饱满的热情和昂扬的斗志投入到学习中去。

第二,坚持探究式学习,在探索未知世界中锤炼"开物前民"的创新能力。

同学们进入浙大,即将完成从高中生到大学生的蜕变。但你们要知道:大学的本质和意义是什么,大学和高中的学习区别在哪里。大学是探索和传播知识的场所,它广泛地汲取科学、艺术、历史、哲学等方面知识,并使之适得其所,是人类追求高深学问和发明创造的殿堂。大学和高中最大的区别在于,大学不仅要传授知识,更要引领思想和学术前沿,探索宇宙和人类的未知世界。这就需要同学们改进原来的学习方式,在浙大名师的指导下适应研究型学习,培养独立思考能力和批判精神,不断强化创新思维,达到浙大校歌所言"开物前民"的境界。诺贝尔物理学奖得主李政道先生非常感念当年在浙大的学习经历,他在浙大虽然只学习了一年,但深受王淦昌、束星北两位教授的影响,对物理学产生了浓厚兴趣,经常和两位教授探讨物理学前沿,潜心于深邃的物理时空,正如他所言"一年'求是'校训的熏陶,发端了几十年来我细推物理之乐"。

在未来的学习生活中,期待同学们筑牢知识的根基,夯实数理基础和人文底蕴,增强批判性思维,利用浙大全国领先的创新平台强化科研训练,努力进入学术的前沿,锻造创新创造创业的能力,成为走在时代前列、勇立创新潮头的卓越人才。

第三,深入国际化学习,在开拓全球视野中增强天下来同的世界关怀。

同学们多年来习惯于埋头读书,可曾想过世界这么大,身处不同国家地区的同龄人在学什么、想什么、做什么？世界上还有战争、灾害、贫困、疫病等人类面临的共同挑战，我们将来能否贡献自己的智慧和力量？大学是人类文明的灯塔和文化的守护者，也是知识和文化交流互鉴的重要平台。同学们绝不能故步自封，要通过国际化学习不断明目扩胸，形成更加开阔的胸襟格局和世界眼光，增强对全球问题的关怀和思考。你们要学习一位令人尊敬的杰出学长，被誉为"埃博拉终结者"的陈薇院士，面对西非大规模暴发埃博拉病毒并迅速蔓延的严峻态势，她率队赴非洲疫区援助抗疫，成功研制出全球首个获批新药证书的埃博拉疫苗，为人类生命健康作出了重大贡献。

在未来的学习生活中，期待同学们适应全球竞争与合作的新格局，充分依托学校链接全球的国际化网络平台，在"通专跨融合、四课堂融通"中不断学习、不断提升跨文化沟通和全球领导力，为成长为胜任全球的时代新人打下坚实的基础，将来努力为我们国家构建人类命运共同体的战略蓝图添砖加瓦。

亲爱的同学们，"千里之行，始于足下"，令人向往且充满无限可能的大学旅程等待你们迈出行动的步伐。浙江大学正着力构建以学生成长为中心的卓越教育体系，建设一支信念坚定、师德高尚、业务精良的教师队伍，打造一流的基础设施和现代化校园环境，为你们实现卓越发展搭建了广阔舞台、做好了充分准备。希望你们不负时代、不负韶华，立大志、明大德、成大才、担大任，在求是园书写精彩的人生篇章！

最后，祝愿各位同学在浙大学有所获、学有所成，未来走上更卓越的人生道路！希望浙江大学能够给大家提供一个成长成才的舞台！谢谢大家！

（本文为作者在浙江大学2023年开学典礼上的讲话）

探索未至之境　拥抱无限可能

上海交通大学校长　丁奎岭

亲爱的同学们：

大家上午好！今天我们相聚在美丽的交大校园，隆重举行2023级本科新生开学典礼。首先，我代表学校，向来自五湖四海的4800多名新同学表示热烈的欢迎！向一路培养、支持你们的父母和老师表示衷心的感谢！

同学们，从踏入校门的那一刻起，崭新的人生篇章和探索之旅便在你们面前展开，"交大人"成为大家共同的身份标识。跨越三个世纪的上海交通大学，历经沧桑而坚守初心使命，栉风沐雨中始终与祖国同向同行。无论是百廿载厚重的历史底蕴，传承不息的"饮水思源、爱国荣校"情怀，还是今日稳居国内高校前列的综合实力，大师云集、创新迸发的良好氛围，美丽的校园和一流的设施……都可以成为大家爱上交大的理由。

今年，我在给高考生的寄语中说到"东海之滨，思源湖畔，期待与你们一起，探索人生的未至之境"。未至之境，既是需要你们以好奇之心去探索的知识前沿，也是有待你们以坚实步伐去奔赴的壮美河山，更是呼唤你们以责任与使命意识去开创的美好未来。探索未至之境，要主动突破固有认知的局限，敢于挑战和超越自我，激发内生动力、打牢学业基础、把稳前进方向，从而拥抱无限可能、实现人生价值。借此机会，我和杨振斌书记一起，和大家交流三点想法。

一是寻找热爱，以浓厚兴趣激发自主探索的动力。

与高中相比，大学有了院系、学科、专业等划分，今后你们的知识探究、创新尝试等都将离不开学科专业。深入了解并建立起对所学专业的热爱，是支撑你们向未至之境进发的动力源泉。你们在报考志愿时，结合个人兴趣进行了专业选择，有些同学达成所愿，也有同学心存遗憾。如果说"因为热爱，所以选择"是发自内心的追求，那么"因为选择，所以热爱"则会成为历久弥坚的信念。学校各个专业或引导大家探寻自然奥秘，或带领大家参与铸就国之重器，或守护生命健康，或致力资政启民，其中都蕴藏着可以影响或改变世界的力量，值得大家沉浸之、热爱之。

近年来，学校高度重视引导本科生参与学术研究、激发同学的学术兴趣，一大批同学由此寻找到今后的研究方向。生物医学工程学院2018级本科生柳宇轩，大一就进入实验室进行早期的科研探索，在一场学术报告中接触到医疗机器人这一全新领域，与师长交流并深入了解后对此产生了浓厚的兴趣，大三时加入医疗机器人研究院参与项目研究，为阿尔兹海默病患者提供康复辅助。本科毕业后，他成功入选了致远荣誉博士计划，为推动医疗机器人领域的发展贡献力量。

同学们，在大学四年学习中极其重要的事情之一，就是不断探索自己未来的发展方向，激发兴趣，寻找热爱。兴趣和热爱不会凭空降临，你们要在积极参与科研项目中找到契合自己的方向，在深入挖掘与亲身体悟中形成准确的专业认知，领会专业使命、了解行业需求，积淀经世济民、叩问苍穹、探秘未知的无畏勇气和不竭动力。

二是勤学不怠，以真才实学筑牢持久探索的基础。

探索未至之境的道路往往充满荆棘与曲折，需要动力、毅力的支撑，也需要坚实的知识基础作为保障。你们都是同龄人中的佼佼者，进入交大后或许会发现周围"高手如林"，一些基础课程和专业课程难度大、要求高，学业压力扑面而来。"大一有些不适应""一开始偶尔感到迷茫"是学长较为普遍的感受，他们大都经历过一段转变学习方式、适应学习节奏的时期，有过一个自信心重塑的过程，这些都是初入交大的"必修课"。只有沉下心来，勤学不息、下得苦功，才能求得来"一等学问"，奠定挑战未知、攻坚克难的扎实基础。

"起点高、基础厚、要求严、重实践、求创新"是学校一直以来的办学传统。著名水利专家张光斗学长1934年毕业于土木工程学院，在回忆交大求学时光时曾说，"物理每周小考一次，不及格的比比皆是"，便是老交大重视基础知识教育的生动反映。在严教学、高要求的鞭策之下，勤学奋进、孜孜以求成为交大学子的普遍写照，"学在交大"逐渐成为新时期学校的鲜亮名片。物理与天文学院2017级本科生章艳芳来自革命老区江西萍乡，入学后专业分流考试成绩倒数第一，这让她一度紧张、失去信心。但她迅速调整好心态，鼓励自己"勤能补拙，只要首先攻克数、理这些'硬骨头'，就没有什么是做不到的"。凭着这份坚毅踏实的精神，她把图书馆闭馆音乐当作"每日歌单"，以专业第一的成绩给自己的大学四年交上满意的答卷。

同学们，"九层之台，起于累土"，只有具备扎实的知识基础，才有勇敢探索的底气和信心。适应大学生活的第一步便是快速转变学习态度与方式，以归零心态积极应对挑战和挫折，在主动探究、笃学不倦中建构知识体系，打牢未来发展的根基。既要"根深"，深入汲取所在学科的基础知识和专业知识；又要"叶茂"，通过通识课程、跨专业选修课程、辅修专业课程等广泛涉猎，拓宽跨学科视野，建立多元知识储备，为今后的创新突破积蓄持久能量。

三是饮水思源，以使命意识引领长远探索的方向。

向着未至之境的探索，既来自兴趣，更源于责任和使命，源于时代和国家的召唤。一代人有一代人的使命，从现在开始到21世纪中叶的30年，是国家建设社会主义现代化强国的关键时期，也正是你们接续奋斗、为强国建设和民族复兴贡献力量的重要阶段。当下的中国正处于对科技和人才需求最为迫切的时期，希望大家不要仅仅将一份体面的工作、一种小富即安的生活作为求学目标，而是把自身的发展融入国家和时代发展的洪流，以远大的志向和崇高的追求作为矢志探索、精勤不倦的引领，在挑战未知的逐梦前行中、在为国为民的赤诚奉献中拥抱无限可能。

127年来，一代代交大人以传承文明、探求真理为使命，以振兴中华、造福人类为己任，探索脚步从未停息。一大批治国英才、科学大师、产业巨子和文化精英从这里走出，在振兴中华的征程上留下丹心报国、笃实奋进的动人故事，谱写了"国有所需，我有所应"的慷慨壮歌。曾有人问首届国家最高科学技术奖获得者、著名数学家吴文俊学长，对交大学子最想说的一句话是什么。吴老先是谦逊地回答"我说不好"，继而说道"做一个对国家有用的人总是对的"。朴素的话语蕴含着深刻的人生哲理，展现了融入交大人血脉的家国情怀。你们的录取通知书礼盒中有"一滴水"的摆件，既希望新交大人铭记"饮水思源、爱国荣校"的校训，也期待同学们把自身成长融入国家发展，就像一滴滴水融入海洋，汇聚成为推动实现中华民族伟大复兴的强大力量。

同学们，"志之所趋，无远弗届，穷山距海，不能限也"。高远追求不是凭空产生的，而是在躬身实践中确立的，希望你们主动思考并做好人生规划，把探索未知世界、服务国家发展、造福人类社会作为奋斗梦想，厚植家国情怀、涵养进取品格，在勇担时代使命中把稳前行方向；也希望你们能够把情怀与责任付诸行动，将对探索未知的期待、仰望星空的遐想、心之所向的追寻化作奋斗脚步，珍惜时光、不负韶华，在勤学善思、明辨笃行中开创人生的无限精彩！

同学们，你们从五湖四海而来相聚于此，为百廿交大注入了新的生机和活力。希望你们能够在寻找热爱中激发探索动力，在勤学不息中打牢探索基础，在饮水思源中把握探索方向，向着未至之境勇敢出发，去拥抱未来的无限可能！

再次欢迎你们，新交大人！

（本文为作者在上海交通大学2023年开学典礼上的讲话）

学会创新　边界无疆

复旦大学校长　金力

亲爱的同学们：

在这迎接丰收的时节，欢迎来自80个国家和地区的4217名本科新同学和11807名研究生新同学加入复旦大家庭，成为一名复旦人。我代表全体师生员工，向大家表示热烈的欢迎和衷心的祝贺，向一路指引陪伴同学们成长的父母和师长表示诚挚的感谢！

大学是学术的殿堂，是学习知识更是创造知识的场所。大学阶段是一生中学习成长的黄金岁月。迈入复旦之门，同学们不仅将学到高深知识，也将亲身参与知识的创造，真正懂得学习和创新的意义。复旦人学习是为了创造，并把创造知识作为学习的更高境界。在这片沃土上，同学们应该自觉地把学习、运用和创造知识融会贯通起来，学会学习、学会思考、学会创新，真正奠定立身立业、自强强国的根基。以创新为天职、以卓越为目标，这是一代代复旦人的治学之道，更是国家、时代对同学们的成长呼唤和期待。

在学习和创新的过程中，必然会遇到各种有形无形的边界。比如，对现有知识的体系分类，划定学科的边界；探索客观世界的现实局限，产生知识的边界；知识传播生产中的成规束缚和思维惯性，形成思想的边界。

这些边界对于我们认识世界、改造世界会形成阻碍和挑战。而创新的本质，是克服惯性的依赖、现实的约束、思想的保守，实现从旧到新、从已知到未知、从已岸到彼岸的突破和超越。复旦人以"旦复旦兮"为奋斗意象，生命不止、创新不息，突破超越这些边界，追求知识、理想和卓越才能永无止境。

借此机会，围绕学习和创新，与大家交流三点想法。

第一，越过学科专业的沟壑。

今年的开学典礼本研一起，在户外举行，这是学校近20年来第一次。最近江南雨水多，很多人感到担心。我们的人工智能创新与产业研究院联合大气与海洋科学系，基于学校自有的云上科研智算平台，训练出拥有45亿参数的伏羲气象大模型。这一模型能成功预报未来15天的全球天气，每次预测耗时3秒以内。"伏羲"说：今天，上海不下雨。

这就是一个跨学科交叉融合的生动案例。每个学科和专业都能提供不同的学术视野、思维方法和研究工具，但解决现实问题往往离不开跨学科协作。面对快速变化的复杂世界和新一轮科技产业革命，打破知识体系边界、促进学科交叉融合已经成为普遍潮流，没有交叉新工具、融合新范式，必定会落后淘汰。

跨越学科边界，不仅需要交叉，更需要融合。交叉是物理结合，而融合将发生化学反应，创造新的物质、产生创新成果。实现融合创新的主力军，不仅仅看院系、学科和老师，更要看在座的同学们。大家正在塑造自己的知识结构，有无限的活力和潜能创造新的知识体系、塑造新的未来。

学校搭建的"2+X"本科人才培养体系，根本目标是引导同学们按照个性兴趣和发展需求设计自己的知识结构，做学习的主人、掌握发展的主动性。"宽口径、厚基础"的通识教育和专业基础训练，帮助大家开阔学术视野、提升学术品位、激发学习兴趣；"重能力、求创新"的前沿学程模块和一二课堂丰富的育人资源，帮助大家迈出主动规划和自主探究的坚实步伐，开拓出属于自己的拔尖创新成长路径。

今年，学校为厚植创新和育人沃土，新推出了"文化校历"。对于学生来说，更加应该不囿于学科背景，全身心投入各类融合创新实践，不断夯实学识根基、拓宽见识眼界。像分子运动一般，在"升温"中提升交流的主动性、在"增压"中提高思维碰撞的概率，激荡出创新的无限可能，为实现自我能级跃迁积蓄深厚能量。

第二，突破发现新知的壁障。

创新有许多类型，其中最基础、最重要的，是以发现新知为目标的原始创新。发现新知，是突破已知边界、拓展人类知识疆域的过程，往往分为两步：第一步，提出新问题，对原来貌似不相关的多个事物进行关联性思考，发现新的联系；第二步，解决新问题，搞清楚新联系的因果关系和背后的学理机制。新问题提得越好，新关系的跳跃性越大，对知识边界的突破越大，创新的价值也就越大。

复旦是以基础研究见长的高校，复旦人服务现代化国家建设，最核心任务是把原始创新做到世界顶尖，在国家创新体系中发挥策源功能。文社理工医各学科的竞争力，都离不开原始创新这个内核。而同学们最重要的学习，就是学会如何原始创新，学会提出好问题并不断提高解决问题的能力。

今天，一场原始创新范式变革的帷幕正在拉开。以生成式人工智能为帆桨，AI浪潮将我们带到了一片崭新的创新海洋：人类数千年的知识积累培育出广袤的肥沃渔场，数不清的新发现鱼群在海平面下穿梭，等待着我们用新工具去网获。复旦人理应在"向科学技术广度和深度进军"的新征程上，发挥出科学智能的"发动机"作用。希望同学们拥抱科研新范式，踊跃学习和参与开发新工具新方法、锻炼AI+创新能力，积极投身这场重塑人类知识边疆的"大进军"。

第三，摆脱收益计算的边际。

从创新的视角看，精致主义与卓越精神截然不同。精致主义往往以利己为核心，计算收益、规避风险、权衡边际效应；而卓越精神把实现理想作为首要目标，有进无退、不计功利才是追求卓越的姿态。创新路上，如果因为权衡得失而选择跟随式研究，将"输在起跑线上"。成才路上，如果太计较一时得失，用宝贵的大学时光打造漂亮的简历，只会与卓越精神渐行渐远。复旦人应该具有"卓越而有趣"的特质，做卓越的事业、有趣的灵魂，对于思想、知识和生活永葆趣味心、创造力。

1945年7月，范内瓦·布什向白宫提交了科研政策报告《科学：无尽的前沿》，他写道："一个依靠别人来获得基础科学知识的国家，无论其机械技能如何，其工业进步都将步履缓慢，在世界贸易中的竞争力也会非常弱。"

今天的中国，要实现中国式现代化的梦想，必须攀登科技珠峰。对于有志于攀登珠峰的人们来说，只有第一、没有第二；敢于从"北坡"迎难而上，走出中国自己的路，才能更好地解决问题。今天的中国青年，要实现真正的创新，只有参与全球、全年龄段的全赛道竞争；要追求真正的卓越，必须敢于立足科学的无尽前沿，在无人区静心"种好自己的树"，而不是光摘"别人树上剩下的果子"。希望大家有与世界顶尖水平比肩竞赛的志气、胆气和静气，迈入"无人区"、早日找到自己的果树种子，看准方向、久久为功。

从今天起，大家成为复旦共同体的一分子。这是一个以创新强国、培育英才为天职的命运共同体，也是一个以追求卓越、青胜于蓝为旨趣的学术共同体。期待大家以梦为马、不负韶华，用复旦这片星空，照亮自己的星海征途。若干年后，成为复旦星空中更璀璨的星辰。

新复旦人们，学海无涯，行者无疆！

（本文为作者在复旦大学 2023 年开学典礼上的讲话）

红专并进传承科大精神

科教报国续写时代华章

中国科学技术大学校长　包信和

金秋是满载希望的时节。今天，我们欢聚一堂，隆重举行中国科大2023年开学典礼暨建校65周年纪念大会，共同欢迎优秀的青年学子圆梦科大，共同庆祝中国科大建校65周年。在此，我谨代表全校师生员工，向同学们表示衷心的祝贺，向莅临庆典的各位领导、各位来宾和各位校友表示热烈的欢迎，向中国科学院、教育部、安徽省长期以来对学校建设发展的关心与支持表示诚挚的感谢，向65年来为学校改革创新发展作出贡献的老领导、老同志和所有教职员工致以崇高的敬意，向全球科大人致以节日的问候！

作为一所新中国为"两弹一星"事业创办的新型理工科大学，中国科大有着独特的办学情怀与精神积淀。京华肇始，为实现民族复兴、攀登科学高峰，第一代科大人继承抗大传统，乘着永恒的东风，踏上了勤奋刻苦、红专并进的报国之行。南迁坚守，第二代科大人于艰难困苦中，重建校园、再次创业，为国家创寰宇学府，为民族育科教英才，赢得了海内外的崇高声誉。新征程上，科大人永怀初心、执着创新，在基础性、战略性工作上苦下功夫，与时代同题共答、同向而行，为加快实现高水平科技自立自强作出了科大贡献。六十五年峥嵘岁月，科大精神历久弥坚，由抗大精神、"两弹一星"精神和老一辈科学家精神共同构成的中国科大精神谱系，深深融入科大人的血脉，成为科大生生不息的力量源泉。

习近平总书记多次视察中国科大，对学校的办学成绩给予充分肯定，5年前的今天，学校建校60周年之际，习近平总书记对学校作出重要指示，赞扬学校坚持红专并进、理实交融的校训，敢为人先、锐意进取，培养了大批德才兼备的优秀人才，取得了一系列举世瞩目的科研成果，为党和国家事业发展作出了重要贡献。勉励学校传承科教报国、追求卓越的精神，瞄准世界科技前沿，立足国内重大需求，潜心立德树人，执着攻关创新，在基础性、战略性工作上多下功夫，努力办出具有中国特色的世界一流大学，为培养德智体美劳全面发展的社会主义建设者和接班人，为建设创新型国家、世界科技强国作出新的更大的贡献。

从"两弹一星"到新时代的号角，从科学的春天到创新盛世，一代代科大人用实践证明，世界科技的前沿、党和国家的需要，就是中国科大前进的动力和方向。

传承科大精神，"潜心立德树人"是科大人不变的信念。2016年4月26日，习近平总书记考察中国科大，希望学校培养"有理想、有追求，有担当、有作为，有品质、有修养"的大学生。学校始终牢记习近平总书记的嘱托，以提升学生综合素质为根本目标，坚持"五育并举"，深入实施"一流本科教育质量提升计划"行动纲领和"研究生德创领军人才培养计划"，深入打造"少年班"拔尖人才培养试验田的特色和品牌，创立特色鲜明的本科生书院、创办面向国家急需人才培养的科技英才班，全面提升人才培养质量。学校肩负国家使命，成立了未来技术学院、数据科学和人工智能学院、深空探测学院、碳中和研究院等，鼓励学生大胆选择、大胆创新，自觉把爱国之情、报国之志融入国家建设和改革发展的伟大事业之中，成为秉承科大红色血脉、无愧于祖国培养的有志青年，学得文武艺、报效祖国和人民。

传承科大精神，"执着攻关创新"是科大人永恒的追求。学校始终牢记习近平总书记的嘱托，坚持"四个面向"，在量子信息、探月探火、深海深地探测等前沿领域取得重大创新成果。"墨子号"卫星在国际上首次实现千公里级基于纠缠的量子密钥分发，"九章""祖冲之号"的问世实现量子计算优越性，火星磁强计随我国首个火星探测器"天问一号"成功发射，中国科大"托珠单抗＋常规治疗"进入新型冠状病毒感染第七版诊疗方案并向全国推广。北半球光学时域巡天能力最强的墨子巡天望远镜，历经5年的攻关，三天前（9月17日）正式投入观测，首光拍摄到了目前世界上最大视场仙女座星系的最高分辨率图像。就在今天早晨，国际最先进、亚洲唯一的低能量区第四代同步辐射装置——合肥先进光源成功奠基并动工建设。计划5年后，在建校70周年之际建成出光，向学校献大礼。科大人用一项项举世瞩目的科技成就铸就了一座座科学的高峰，获得党和国家的高度肯定。随着重大科技成就的不断涌现，学校在快速发展中吸引更多优秀校友与创新团队来校、来皖创新创业。从建设先进技术研究院和国际金融研究院伊始，到深度参与国家实验室和合肥综合性科学中心建设，再到"科大硅谷"构想落地和科技商学院培养"五懂"人才，中国科大携手地方为打造科技创新策源地和新型产业聚集地、建设现代化美好安徽贡献了科大力量。

历史照亮未来，征程未有穷期，科大精神始终指引我们前行的道路。党的二十大吹响了全面建成社会主义现代化强国、以中国式现代化全面推进中华民族伟大复兴的号角，我们要不断传承和发扬科大精神，按照教育、科技、人才"三位一体"战略部署，加快建设具有中国特色、科大风格的世界一流大学。

我们要坚持潜心立德树人，培养德智体美劳全面发展的社会主义建设者和接班人。全面贯彻党的教育方针，以立德树人为根本任务，扎实推进新一轮"双一流"建设。进一步突出所系结合、科教融合特色，谋划推进科教融合3.0，充分发挥重大创新活动和高水平科技基础设施平台的优势，着力培养当前和未来我国现代化建设急需的高端科技人才和高质量后备人才。

我们要坚持执着攻关创新，强化国家战略科技力量。以国家战略需求为导向，积聚力量进行原创性和引领性科技攻关，加强基础研究，统筹开展兴趣导向的自由探索和目标导向的有组织科研。积极支持国家实验室、合肥综合性国家科学中心、深空探测实验室等建设，加快合肥先进光源、空地一体量子精密测量等重大科技设施建设，稳步推进全国重点实验室重组工作。改善学术评价，营造良好学风和学术生态，激发创新灵感，促进学科发展。

我们要坚持人才强校战略，建设创新人才高地。坚持党管人才，努力培养造就一支政治素质过硬、业务能力精湛、育人水平高超的高素质教师队伍。加强人才工作统筹谋划，加大战略科学家、教育家、科技领军人才和创新团队的培养与引进力度，精准化支持培养一大批青年科技人才。鼓励科研人员紧扣国家发展急迫需要和长远需求，把论文写在祖国大地上，将红旗插上科学的高峰。

我们要坚持创新驱动引领，服务经济社会发展。加强产学研深度融合，推动"鲲鹏计划"和成果赋权改革，支持职务科技成果优先在省内转化。积极融入长三角一体化发展国家战略，形成"立足合肥、覆盖安徽、辐射全国"的科技成果转移转化体系，助力区域经济社会高质量发展。

中国科大不断迎来新生的力量。今年，我校招收本科新生1966名，各类研究生新生10663名。一代人有一代人的使命，一代人有一代人的担当。同学们，你们生逢盛世，重任在肩，未来的蓝图将由你们来绘制。到2035年，你们将成为中华现代化强国的创造者，成为建设的主力军。到2050年，你们将成为中华民族伟大复兴的圆梦者，成为国家的栋梁。希望你们牢记习近平总书记的嘱托，"厚植家国情怀、涵养进取品格，以奋斗姿态激扬青春，不负时代，不负华年"，以"功成不必在我，功成必定有我"的人生态度，于未来的科大时光中求真学问、悟真道理、明真事理，在科大精神的浸润下，努力成长为一名优秀的科大人，在推进强国建设、民族复兴的伟业中绽放绚丽之花。

六十五载报国志，科大精神永相传。回望过去，我们攻坚克难，砥砺前行；着眼当下，我们意气风发，挥斥方遒；面对未来，我们整装待发，扬帆逐梦。让我们以习近平新时代中国特色社会主义思想为指导，牢记习近平总书记的嘱托，秉承"红专并进，理实交融"的校训，坚持"科教报国、追求卓越"的初心，凝心聚力、开拓创新，在新时代新征程中谱写科大人的新辉煌。

最后，祝学校弦歌永继、再谱新章，祝同学们在科大学习愉快、创新愉快，祝各位来宾工作顺利、身体健康！

（本文为作者在中国科学技术大学2023年开学典礼上的讲话）

以归零的心态再出发

武汉大学校长　张平文

亲爱的同学们：

　　大家上午好！

　　今天，我们满怀喜悦相聚卓尔体育馆，举办2023级本科生开学典礼，以最隆重的仪式欢迎我们珞珈山的新主人。山水一程，三生有幸。你们从千万考生中脱颖而出，在人生的关键节点选择了武大，即将在珞珈山下、东湖之畔开启人生新的旅程。

　　新时代新征程，赋予你们这代青年人担当民族复兴重任的新使命。进入大学，来到人生又一个新阶段，你们需要立足新起点、应对新转变，需要认真规划大学生活和更加长远的未来。"大学者，研究高深学问者也"，正如著名教育家蔡元培先生所言，大学是追求真理的学术殿堂、启智润心的育人沃土、引领社会发展的灯塔、关注人类命运的高地。我认为，无论是探求高深学问，还是涵养自身品格，都要求你们首先具备良好的心境和端正的心态。

　　数学研究里有个词叫作"归零"，零在坐标系中是原点，归零就是回到原点，重新开始计算的意思。"归零"延伸到人们的社会生活中，则可理解为一种充满哲理的人生态度。"归零"，绝不是"佛系"和"躺平"；

恰恰相反，它代表着一种积极的心态，把生命中每一天都看作最初一天，永远保持对世界最本真的热情，以最好的状态迎接每一个新的开始。站在人生的新起点，忘却过去的成绩和荣誉，远离世俗的喧嚣和浮躁，放下心中的包袱和旁骛，摆正心态，学会归零，对于你们走好今后的路非常重要。

"归零"意味着舍得忘却昔日的光环，回归一颗平常心。不少同学一直是同龄人中的佼佼者，进入大学后发现身边的"学霸""大牛"比比皆是，自己不再是老师关注的焦点，成绩也不再是熟悉的第一，从而陷入自我怀疑甚至自我放弃，成为"沉睡中的大学生"，非常令人痛心和惋惜。同学们，优秀是对你们过去的肯定，如果陶醉并自满于曾经的优秀，这种心态反而会成为你们前进的负累。站在新的起点，要敢于将过去的荣誉与光环"归零"，以一颗平常心面对成败得失，不因一时的成功而沾沾自喜，不因一事的失败而一蹶不振，做一个心志坚定、积极向上的武大人。

"归零"意味着善于屏蔽外界的纷扰，回归一颗宁静心。古人云：非淡泊无以明志，非宁静无以致远。随着时代发展，社会与大学的联系日益紧密，功利主义、实用主义蔓延也容易让大学校园陷入喧闹。作为学术的圣殿和育人的摇篮，大学需要在纷繁喧扰中保持一份宁静；作为大学生的你们，也需要保持一颗宁静的心。站在新的起点，要善于将外界的纷扰"归零"，不因利益的诱惑而急功近利、投机取巧，不因选择的多元而丧失定力、随波逐流；要在宁静中叩问初心，在宁静中潜心为学，在宁静中修炼品格，让心灵日益强大，让学识日渐扎实，让精神不断丰盛，做一个有志气、有骨气、有底气的武大人。

"归零"意味着勇于卸下内心的负担，回归一颗愉悦心。心为物役，道所不载。在座的每一位同学都肩负着父母和师长的殷切期盼，面对全然陌生的环境、学习方式的改变、人际关系的重建和饮食起居的变化，难免忐忑不安、忧心忡忡。诗人泰戈尔曾说，当鸟翼系上了黄金，就无法自由翱翔。同理，当人的心灵背上包袱，也无法走远。其实，无须放大心中的焦虑和压力，以乐观的心态面对一切，办法总比困难多，收获往往比想象中来得快。站在新的起点，你们要善于将心中的负担"归零"，主动向老师寻求帮助、倾诉心声，以真诚的态度结交朋友、互相砥砺，和志同道合的同学一起追求梦想、挥洒青春，做一个热爱生活、身心愉悦的武大人。

同学们，属于你们的珞珈时光已经开启。在这段全新的旅程里，许多人生的梦想将在这里萌生，许多成长的故事将在这里着笔。此时此刻，你们一生的良师和挚友也许就在身边，属于你们的独"珈"篇章正在充满无限可能的画卷上徐徐展开。

期待你们以归零的心态再出发，在潜心笃志中攀登学术高峰。大学之大在于学术之大，大学的学习不仅仅为了获得谋生本领，更要向最前沿的理论、最高深的研究、最具颠覆性的创新不断进发。期待你们以归零的心态再出发，面对外界的纷扰时，要注重修炼心无旁骛的心境，潜心钻研、勤学笃志，扎扎实实打牢学问的基础；面对浮名浮利时，要经得起诱惑，保持甘坐冷板凳的定力，脚踏实地、久久为功；在取得成绩时，要谦虚谨慎、不骄不躁，永不停止探寻真理的步伐；在探求真理的过程中，要有批判精神，敢于推翻已知、积极探索未知，勇敢追求"从0到1"的突破。

期待你们以归零的心态再出发，从容面对成长中的挫折与挑战。大学意味着更加广阔的平台、更加多元的选择、更为独立的生活，你们必须离开熟悉的环境、走出父母的庇护，独自面对一系列转变与挑战，这是你们成长路上的必修课。期待你们以归零的心态再出发，在面对困难与挫折时不气馁、不放弃，拥有从头再来的勇气，练就百折不挠的韧劲；在迷茫和焦虑时看看东湖水、爬爬珞珈山，在山水人文的滋养中涤荡心灵的尘埃，找寻内心的宁静；以开放的姿态拥抱新事物，在课堂讲座上碰撞思想，在社团活动中提升素养，在体育锻炼中强健体魄，在社会实践中增长才干，将挑战视为机遇，将压力化为动力，培养积极的人生态度和健康的生活情趣。

期待你们以归零的心态再出发，在审视内心中不断提升人生的境界。英国哲学家怀特海说："在中学阶段，学生伏案学习；在大学阶段，他需要站起来四面观望。"大学不仅是学习知识、健全人格的重要时期，也是寻找人生目标、树立人生志向的关键时期。对人生价值的思考、对人生意义的品悟，决定了你们未来的路能走多远。武大培养的学生从来不只是为了个人的谋生，而是以谋求人类福祉、推动社会进步、实现国家富强为己任。期待你们以归零的心态再出发，清空心中的杂念，回望理想的原点，追问自己的本心，找寻生命的方向与目的，认真思考自己之于他人、之于社会、之于国家和民族的价值所在，树立高远的人生志向、高尚的价值追求，让人生的意义在小我与大我的融会中不断升华。

同学们，实现中国梦是一场历史接力赛，当代青年要在实现民族复兴的赛道上奋勇争先。当前，这场历史接力赛正在如火如荼地进行，你们是最富有活力与希望的生力军。在珞珈山的珍贵时光里，希望你们传承并弘扬"自强、弘毅、求是、拓新"的校训精神，将个人成长与国家前途、民族命运紧紧相连，立大志、明大德、成大才、担大任，以平常心对待得失，以宁静心笃定前行，以愉悦心迎接未知，从"零"开始，向无限广阔、无限美好的未来再出发，以饱满的精神状态迎接建校130周年！

谢谢大家！

（本文为作者在武汉大学2023年开学典礼上的讲话）

学以成人　研以成才

中山大学校长　高松

亲爱的同学们，各位同事：

大家上午好！

今天，我们在这里隆重举行开学典礼。看到各位同学风华正茂、意气风发，我感到十分欣喜。同学们即将在中山大学学习、生活，步入新的人生阶段，开启新的人生篇章，这意味着从此以后大家有了一个值得骄傲的身份——中大人。你们的到来，为这所百年学府注入了蓬勃的朝气！在这里，我代表学校全体师生员工，向2023级19000余名同学表示热烈的欢迎！

今天的中大，形成了"三校区五校园"的发展格局，扎根大湾区广州、珠海、深圳三地办学，面向世界，守正创新，正扎实推进学校事业高质量内涵式发展。今天的中大，汇聚了一批杰出的专家学者和活跃在各学科领域的优秀青年教师，坚持以学生成长为中心，践行"加强基础、促进交叉、尊重选择、卓越教学"的人才培养理念，努力培养具备卓越学习力、思想力和行动力的创造性人才。今天的中大，坚持通识教育与专业教育相融合，努力为同学们提供更多跨学科学习的平台、研究性学习的项目、国际化交流的机会、个性化选择的空间，大家在这里将会获得更好的学习及成长体验。

同学们来到中大，都满怀着对知识的渴望和对大学生活的憧憬。中大校训"博学、审问、慎思、明辨、笃行"是孙中山先生于1924年亲笔题写的。校训为我们求学和成长提供了很好的启示，不管是本科生还是研究生，都要坚持学问、思辨和行动三者的有机统一，努力做到学以成人，研以成才。

在这里，我谈三点希望，与同学们共勉。

第一，学以成人，在面向未来中把握主动，学会学习。

大学是传播知识和创造知识的地方。同学们走进大学，都是希望能在这里学到真学问，练就真本领，为自己的未来奠定坚实基础。然而，我们需要思考的是：未来是什么？我们如何为未来而学？

当前，新一轮科技革命和产业变革突飞猛进，学科交叉融合不断发展，科学研究范式正在发生深刻变革，未来的世界将充满多样性和不确定性。期望大学阶段所学的知识能够具备永久适用性，这无疑是不现实的。形成终身学习的习惯和能力，是未来世界对各位同学提出的时代要求。

学习往往离不开问题的发现和解决。不管是理论上还是实践上，都要有发现问题的好奇心和解决问题的勇气，这就要求我们要善于主动学习。问题又往往是复杂的、综合的，只靠已有的知识，或者只靠某一个学科的专业知识往往都是解决不了的，需要勇于探索新领域、创造新知识，需要用跨学科的思维和跨学科的知识结构来更好地面对，这就要求我们要学会学习，发展一般性的能力。

习近平总书记强调："青年是国家的未来和民族的希望。"在这里，我也希望同学们能够始终昂扬向上，不躺平，不摆烂，不等待，不懈怠，结合自己的人生目标、学术志趣和实际情况，明确学习的方向，做到通专结合。一方面打牢坚实的人文与科学基础，形成更广阔的视野与见识；另一方面能够不断认识和发现自己，找到自己的志趣，并在深入的专业学习中发展一般性的能力，使自己具备强大的自我学习能力，形成探索真理和批判性思考的习惯，为未来发展夯实根基。

第二，研以成才，在专注学术中培育创新能力和科学精神。

孙中山先生认为，大学之旨趣，以灌输及讨究世界日新之学理、技术为主。即大学要研究高深学问，走在科技前沿。当今世界，科技日益成为综合国力竞争的决定性因素，国际科技竞争向基础前沿前移，能否提高原始创新能力，实现更多"从0到1"的突破，已经成为能否抢占未来国际竞争制高点的关键因素。科技创新需要人才，人才培养需要教育。高校，特别是"双一流"大学的学生，是否具备创新能力，对于"强国建设、民族复兴"至关重要。而创新，需要同学们树立和坚持科学精神，遵循科学的本质要求，自觉主动培养批判性思维，不断去求真和质疑；要以平等和包容的态度，不断提高沟通协作能力；更重要的是，同学们要始终秉持爱国和奉献的初心，通过不断努力让人类和社会更加美好。

我校陈心陶教授是著名的寄生虫学家，曾受到毛泽东主席的三次接见。他心系祖国，不畏艰难，他说："我愿做一头开荒牛，与祖国人民一齐开垦祖国荒芜的科学园地。"新中国成立的第三天，他就回到祖国，开始深入血吸虫病疫区调研，经过几年的探索试验，创造性提出结合农田水利建设和农业生产来消灭血吸虫唯一的中间宿主——钉螺，为广东消灭血吸虫病立下不朽功勋。2022年5月，陈心陶精神教育基地成功入选为首批国家级科学家精神教育基地。

习近平总书记指出，"青年是常为新的，最具创新热情，最具创新动力"。在这里，我也希望同学们在学术之路上始终敢闯敢试，不停滞，不守旧，不迷信，不盲从，能够专注学术，开拓前沿，不断培养创新能力，更加关注研究的科学价值或应用价值，面向未来做更有意义的引领性研究，并在刻苦学习和研究中培育科学精神，锤炼品行情操，全面成人成才。

第三，志存高远，在脚踏实地中追求卓越，矢志报国。

孙中山先生勉励学生"要立志做大事，不可要做大官"，"要有国民的大志气，专心做一件事，帮助国家变成富强"。在学术研究中，我们要坚持目标导向和自由探索相结合，树立远大志向，面向国家重大需求，助力加快实现高水平科技自立自强，更好地把论文写在祖国的大地上。理论也需要实践的检验，不管是"证实"还是"证伪"，都要进行严格的验证，我们只有把志存高远和脚踏实地结合起来，才能在科研之路上行稳致远。

学习和研究，不仅需要找到自己的定位和努力的方向，还要树立专业自信、怀抱学术理想。1981年，我考入北京大学化学系。记得刚入学时，系里组织几位老先生给新生开讲座。其中，唐有祺先生说："你们进了大学化学系读书，你们都是化学家了！"这对我和其他同学来说，都是很大的鼓舞和激励。这一句话，朴实无华却充满力量，让人在满怀信心的同时，也感受到一份沉甸甸的责任，这份责任要求我们把远大抱负落实到持之以恒为之努力的实际行动中。

心有所向，身有所往。我校电子与信息工程学院2019级博士生徐梦玥同学，在光电材料与技术国家重点实验室蔡鑫伦教授课题组开展科研工作，决心攻克光通信领域"卡脖子"难题。经过不懈努力，她成功研发了世界首例"铌酸锂薄膜相干光调制器"和"铌酸锂薄膜偏振复用相干光调制器"，成果达到国际先进水平，获得国内外同行的广泛肯定，让我们更坚定了自主创新的信心。

同学们，如果说"学以成人、研以成才"是为学的意义所在，那么"学以报国"就是我们青年学子最大的理想和事业！

习近平总书记强调："未来的竞争是年青人的竞争，今天的年青人是实现第二个百年奋斗目标的骨干和栋梁。"作为新时代青年，一定要关注现实、勤于实践，触摸时代脉搏，了解社会发展和国家需求，不断增强"学以报国"的责任感和使命感。在这里，我也希望同学们不做精致的利己主义者，不做眼高手低的空想家，牢记校训、求真学问、练真本领，在勇于担当、善于作为中历练成长；以"天下为公"的责任意识，以"敢为人先"的开拓精神，以"实干笃行"的务实作风，积极投身中国式现代化的伟大实践，在新时代新征程上绽放青春光采！

梦在前方，路在脚下。希望同学们奋发图强，不负重托，学以成人，研以成才，脚踏实地地走出一条宽阔大道，用拼搏实现青春理想，用奋斗拥抱美好未来！

再次欢迎你们的到来，祝同学们在中大生活愉快，学有所成！

谢谢大家！

（本文为作者在中山大学2023年开学典礼上的讲话）

与优秀同行　与时代共进

四川大学校长　汪劲松

同学们、老师们，各位来宾、各位家长：

大家好！九月的四川大学，江安明远湖畔，处处洋溢着青春朝气，我们又有一批优秀的学子从天南地北来到川大，为古朴厚重的学校增添了新的活力与激情。在这里，我代表全校师生，代表甘霖书记，向圆梦川大的同学们表示衷心的祝贺和热烈的欢迎！也对同学们选择川大作为追求梦想的新起点表示感谢！

大学之大不在大楼之大，而在于精神之大、作为之大。四川大学跨越三世纪、历经百余年风雨沧桑却弦歌不辍，正是得益于它形成了以校训"海纳百川、有容乃大"、校风"严谨、勤奋、求是、创新"为核心的川大精神。回望川大的办学历程，从四川中西学堂的"力图富强"到四川省城高等学堂的"仰副国家、造就通才"，再到今天培养担当民族复兴重任的时代新人，川大人始终饱含强烈的家国情怀和社会担当。127年来，川大汇聚了历史学家顾颉刚、文学家李劼人、美学家朱光潜、物理学家吴大猷、植物学家方文培、数学家柯召等大师巨匠，培育了共和国元帅朱德、原国家主席杨尚昆、文坛巨匠郭沫若、人民作家巴金等一大批国家和民族栋梁。开创中国现代口腔医学、创办全国第一个高分子专业，在中国科教史上创造了众多的"第一"。从编著世界上第一部《甲骨文字典》到创造首个以中国本土研究工作命名的有机人名反应，从三星堆遗址发掘到东方红四号卫星研制，从抗击非典、抗震救灾到抗击疫情，在国家科技进步、文化繁荣和社会发展的每一步都活跃着川大人的身影，川大人书写了不负时代、不负人民的答卷。

同学们，一代代优秀的川大人携手前行，把个人的价值融入民族的血脉，用行动追求卓越、践行国之大者。如今你们选择这里，就要传承好镌刻在川大人骨子里的这种精神，特别是在新时代新起点上肩负起时代赋予的重任，川大也将为你们成长成才竭尽全力提供坚实的保障。学校把"立德树人"作为办学的根本任务，确立了"培养具有崇高理想信念、深厚人文底蕴、扎实专业知识、强烈创新意识、宽广国际视野的国家栋梁和社会精英"的人才培养目标，构建了"价值塑造—能力培养—知识传授"三位一体的人才培养体系。同学们可以在通识课程的学习里感受人文熏陶、培养科学素养，可以在"探究式、小班化"课堂上进行头脑风暴、思维碰撞。可以在暑期的国际课程周，不出校门学习世界一流大学的课程，同时，"大川视界"海外访学计划也会给予同学们更多看世界的窗口。在川大，包括全国重点实验室在内的一大批科研平台都将为同学们开放，所有的院士名师都欢迎大家来交流讨论。希望同学们珍惜在川大的学习生涯，与优秀同行、与时代共进，在青春的赛道上奋力奔跑。借此机会，我想给大家提出四点希望。

一是要立大志，做心怀家国的川大人。

"志之所趋，无远勿届，穷山距海，不能限也"，心中有志向，行动才有力量。求学路上知道自己心之所向，为何而学，就会更加笃定从容、勇敢坚韧。抗战年代，学校千余名师生南迁峨眉，在艰苦的环境下没有停过一堂课。那时在校的两位老学长陈荣悌院士和李荫远院士，他们认识到当时国家科技水平与国际先进水平的差距，从而树立了科学报国的志向，后来出国留学深造并取得博士学位。新中国成立后，他们毅然舍弃国外的优厚待遇，于1954年和1956年突破重重困难选择回国效力，陈荣悌学长带领中国的配位化学研究跻身世界先进水平，李荫远学长成为我国固体物理理论研究的开拓者之一。同学们，虽然我们现在所处的时代不同，面临的挑战也不同，但是每一代青年都有自身的使命，只有坚定志向追求，厚植家国情怀，把小我融入大我，追求无我，才能为自己的未来找到轨道，为民族的复兴作出贡献。

二是要厚基础，做勤奋好学的川大人。

学习是学生的第一要务，把基础打牢、把根基扎稳，未来才会行稳致远。我们的老学长、经济学家蒋学模先生曾说，母校的教育使他养成了勤奋严谨的治学态度，对他的学术生涯影响很大。他在八十多岁高龄时还坚持每天工作、更新修订《政治经济学》教材，书桌旁更是放满了几千张写满字的小卡片，只为确保所做的研究真实可靠。希望同学们传承好这种严谨求真、勤奋努力的优良传统，树立正确的学习态度，养成良好的学习习惯，上好每一门课程，做好每一项实验，自觉遵守学术规范，认真对待每一门考试，像海绵吸水一样汲取知识，打牢基础、练好内功，为人生打好底色。

三是要强能力，做积极奋进的川大人。

本领能力强，才能从容地迎接挑战，自信地面对未来，担当胜任好各种角色与使命。今年夏天，世界大学生运动会在成都成功举办，赛场内外都跃动着我们川大青年的身影。其中，开幕式8名护旗手之一、全国向上向善好青年孙一民同学就是代表。他在校期间勤于钻研、潜心做好口腔医学研究，积极参加国际学术会议和高水平学科竞赛，多次组织和参与大型口腔义诊、口腔科普宣传，不断提升自己的专业能力、实践能力和综合素质。大学是人生成长的重要阶段，也是提升能力的黄金时期，希望同学们在强化知识学习的基础上主动提升能力素质，尤其是在深度学习、深度思考的过程中培养科学思维能力，激发创新创造基因。同时，同学们还要在学习生活和研究实践中，有意识地增强彼此协作精神，提升沟通表达能力等，努力成长为全面发展的川大学子。

四是要重实践，做知行合一的川大人。

《礼记·中庸》讲"博学之，审问之，慎思之，明辨之，笃行之"。知于心，笃于行，学问思辨后最终还是要落到行动上，通过实践来检验。"中国公共卫生之父"、我校老一辈科学家陈志潜教授，在读书期间看到当时老百姓缺医少药的情况，就立志从事公共卫生事业，毕业后他一头扎进最需要公共卫生的农村，大胆引入现代医学，积极开展乡村卫生实践，创建了我国第一个农村公共卫生体系，有效改善了当地老百姓的健康水平。"纸上得来终觉浅，绝知此事要躬行"，行动才是青年最有效的磨砺。全国劳动模范、学校电气工程学院优秀毕业生李光耀，扎根金沙江畔，带领团队解决了继电保护与安全自动化装置的"卡脖子"问题，同时创造了单月、单年接机发电的世界纪录，将自身所学应用在电厂安全保障的最前沿。相信未来同学们也会像历代川大人一样，在行中知、在知中行，在强国建设的实践里完善自我、增长才干，在完善自我的过程中贡献川大人的力量与智慧。

同学们，在川大历史文化源头之一的尊经书院，曾悬挂这样一副对联："考四海而为俊，纬群龙之所经"，寄寓着对来自五湖四海的优秀学子的厚望。希望大家在这里打牢立身立业根基，与优秀同行、与时代共进，用求真的渴望汲取成长的力量，用奋进的姿态书写无悔的青春，争做堪当民族复兴重任的时代新人。你们挥洒汗水、努力奋斗的样子将成为川大最美的风景。

谢谢大家！

（本文为作者在四川大学2023年开学典礼上的讲话）

空天报国志　青春启新程

北京航空航天大学校长　王云鹏

亲爱的同学们、老师们：

大家上午好！

今天我们在北京学院路校区、沙河校区和杭州国际校园隆重举行2023级新生开学典礼，共同见证4068名本科生、7386名研究生和206名留学生开启人生新篇章，我代表赵长禄书记和全校师生员工，向在座的所有新北航人表示热烈的欢迎！向多年来辛勤培育你们的家长表示由衷的感谢！

前几天在迎新现场，我被大家青春洋溢、积极向上的精神面貌深深地感染，很多温馨的细节给我留下深刻的印象。比如冯如书院的聂鸿宇同学，因为长辈常讲的一句"要做对祖国有价值的事情"，坚定地选择了北航；褚淇泓等30名同学，因为北航北京学院的就读经历，深深爱上了航空航天，研究生选择留在北航继续深造。我还注意到，在你们当中，有黄子昳等31名同学与北航同一天生日，雍骏翔等29名本科生与北航首届学生当中的钟群鹏、陈懋章、戚发轫等7位院士是高中校友，罗霆宇等111名同学来自酒泉、太原、西昌、文昌四大航天发射中心所在地，这些千丝万缕的航空航天情缘，让大家相聚北航。同时，今天也是计算机学院黄硕、新媒体艺术与设计学院徐卓越等32名同学的生日，在此我提议，让我们一起向他们送上诚挚而特别的生日祝福！

迎新期间，我也与许多本研新生及家长朋友们进行了面对面的座谈和交流。言语中我感受到了大家对北航生活的期盼和憧憬。北航是一所什么样的大学？在北航会有什么样的收获？此时此刻，我想你们每个人心中都有这样的疑惑。对于这些疑惑，"一千个人眼中有一千个哈姆雷特"，我更愿意用"使命""基因""气质"和"胸怀"这四个关键词作出回答。

北航使命，在于空天报国的担当。为国而生，是北航与生俱来的初心。面对抗美援朝战争敌我空军力量对比悬殊的不利局面，"急需办一所航空大学"，周恩来总理亲笔批示，新中国第一所航空航天高等学府应运而生。建校之初，筚路蓝缕，师生们工棚里上课、路灯下读书、田野里试验，"大战一百昼夜"，成功把新中国第一架轻型客机"北京一号"、亚洲第一枚探空火箭"北京二号"、新中国第一架无人机"北京五号"送上蓝天。与国同行，是北航坚定不移的决心。建校70余年来，北航勇立潮头、为国铸剑，在神舟飞天、北斗组网、舰载机腾空、大飞机制造等大国工程中作出了突出贡献；为党育人、为国育才，共培养了89位"两院"院士、300余位型号总师总指挥以及25万余名优秀毕业生，每年超过二分之一博士生和三分之一硕士生毕业后投身国防事业，载人航天工程超过三分之一的骨干力量出自北航，你们所熟知的神舟十六号航天员、首位载荷专家桂海潮教授就是其中一员。北航人不辱使命、挺膺担当，"空天报国"是北航最鲜亮的精神底色。

同学们，当前我国正朝着第二个百年奋斗目标阔步迈进，你们必将大有可为。有责任有担当，青春才会闪光。希望你们把握好前辈们"空天报国"的接力棒，将个人的理想主动融入祖国和人民的需要，把拳拳爱国之心化为空天报国之行。

北航基因，在于敢为人先的创新。在北航，创新是一种自觉。教室里写满推导公式的黑板上，凌晨新主楼从不熄灭的灯光里，实验室内孜孜不倦的身影中，无不蕴含着师生们潜心科研、敢于创新的激情与火花，百余名研究生在校期间成为国家科技奖励署名获奖人。在北航，创新更是一种传承。当你们走进校史馆，看到听到最多的一定是北航的创新成果和创新事迹，三代人的"中国心"、三代人的"长鹰志"、三代人的"陀螺梦"、三代人的"电磁魂"，不仅是接续创新的北航佳话，更是助力新一代战机冲破苍穹、卫星导弹心明眼亮、尖端装备护卫海疆的国之重器。近二十年来，学校获国家科学技术奖励一等奖15项，其中技术发明一等奖9项，居全国高校之首，一大批重大理论创新成果直接应用于国防建设和国民经济主战场，"大平台、大团队、大项目、大贡献"的科技创新和"北航模式"广受社会赞誉。刚刚发言的石晓荣校友，大三就深度参与飞行控制方面的研究，全方位锻炼了创新能力，为后来在国家关键领域攻关创新奠定了坚实基础，三十岁即担任重点项目副总师。北航人追求卓越、奋斗不息、矢志创新的脚步遍及天临空地。

同学们，好学生的一个基本标准就是"好学"。创新绝不会信手拈来、一蹴而就，需要博观而约取、厚积而薄发。希望你们带着疑问学习、开展探究学习，不唯上、不唯书、只唯实，在北航浓厚的创新环境中培养创造性精神、创造性思维和创造性能力，一步一个脚印，不断实现人生的新突破。

北航气质，在于兼收并蓄的包容。1952年，来自全国的航空精英汇聚柏彦大厦，共同创业兴学，孕育了北航宽厚兼容的大气品格。七十余年弦歌不辍、历久弥新。今日的北航更加开放多元，京杭两地三校区同步办学发展，理、工、文、医不同学科融汇交叉，五湖四海、世界各地的思想文化碰撞争鸣。今日的北航更加丰富多彩，通识教育、专业教育相得益彰，上百个国家级、省部级重点实验平台为你们敞开大门，"冯如杯""航天文化节""北航大讲堂"等特色活动齐头并进。今日的北航更加活力飞扬，每年千余支实践队伍奔赴祖国各地，指引你们在社会大课堂中练本领、长才干；"远航计划"、暑期学校等国际交流项目，带领你们走出国门与世界顶尖强校的师生同台竞技、切磋交流。北航人兼容并包、生机勃勃，在和谐融洽的良好氛围里各美其美、美美与共。

同学们，人生是"旷野"而非"轨道"，大学生活更不是一道只有标准答案的单选题，每个选择都可能成就不同的精彩。希望你们都能找到自己的坐标，坚定努力的航向，在碰撞交融中增长本领、开拓视野，不断丰富自我，拓展人生的象限。

北航胸怀，在于至深至纯的大爱。在北航，总有一些人和事让我们深受感动、心存感激。刚才发言的张有光教授，把自己对教学的执着和热爱传递给他人，积极担任学校青教赛总教练，身体力行帮助青年教师成长；还有学校首届"立德树人成就奖"获得者高镇同院士，长期捐资助学，累计捐款200多万元，支持一批又一批青年学子实现梦想。这种境界，春风化雨、润物无声。能源与动力工程学院博士生张权同学，一年内先后捐献了造血干细胞和淋巴细胞，用爱心为生命续航；法学院本科生王桢元同学，今年暑假在暴雨洪水中逆流而上，积极参与救援，累计转运80余名受困群众。这种行动，舍己为人、奋不顾身。来自北航海南校友会的73名校友，饮水思源、热心教育，在当地中学建立了长期帮扶计划，十年来共有756名贫困学生因此受益。这种善举，心系公益、回馈社会。北航人尚德向善、修身立人，用实际行动彰显了大爱无疆的正能量。

同学们，做人做事做学问，做人是第一位的。大学是锤炼个人品德、涵养社会公德、树牢热爱祖国和人民大德的关键时期。希望你们时常用真善美来雕琢自己，扣好人生"第一粒扣子"，踏踏实实修好品德，努力成为心中有大爱大德大情怀的人。

习近平总书记强调："新时代中国青年处在中华民族发展的最好时期，既面临着难得的建功立业的人生际遇，也面临着'天将降大任于斯人'的时代使命。"同学们，未来属于青年，希望寄予青年，从今天起，你们的学习生活就要启程，还有更高深的学问、更广阔的天地等着你们去探索和感悟。我相信，你们将在北航这片沃土的滋养下，勇担北航使命、传承北航基因、塑造北航气质、涵育北航胸怀，沐风而行、向阳绽放，历练成长为具有鲜明北航烙印和深厚北航精神的栋梁之材！

最后，衷心祝愿大家在北航学有所成、生活愉快。北航永远是你们温暖的北航，我和学校所有老师将陪伴你们一起成长！

谢谢大家！

（本文为作者在北京航空航天大学 2023 年开学典礼上的讲话）

立德明志强国梦　奋楫扬帆启新程

同济大学校长　郑庆华

亲爱的同学们，尊敬的各位老师、各位家长、各位中学校长、各位来宾，线上的各位朋友们：

大家上午好！

今天，我们相聚在美丽的同济校园，共同参加2023级新生开学典礼。首先，我谨代表学校，代表方书记，代表全校教职员工，向来自全球127个国家和地区的4765名本科及预科生、8110名研究生新生表示热烈欢迎！向辛勤培育你们的家长与师长致以诚挚的感谢和崇高的敬意！

同学们，首先我要祝贺你们，祝贺你们坚持梦想，如愿以偿，迈进同济校园，再谱人生新篇章。其次我要感谢你们，感谢你们认同同济，选择同济，你们的到来，让同济这所拥有116年厚重历史的巍巍学府更加生机勃勃、熠熠生辉。

同舟共济，自强不息。同济116年的办学历史，就是一部教育强国的奋斗史。这里走出了五卅运动中的反帝先锋、以诗歌为革命号角的红色诗人、国家最高科学技术奖获得者、中国肝胆外科创始人、"复兴号"高铁总设计师、联合国副秘书长，以及大批杰出的政治家、科学家、教育家、社会活动家、企业家、医学专家和工程技术专家；这里试跑了全球最快的时速600公里高速磁浮试验样车,参与了雄安新区规划建设和国产大飞机C919关键技术研究,领跑了长三角生态绿色一体化发展示范区建设,研发了水陆两栖飞行器"同济飞鱼",承担了海底长城——国家重大科技基础设施海底科学观测网的建设;这里为上海城市建设和城市创新发展源源不断输出"同济智慧",从南浦大桥建设到苏州河治理,再到服务超大城市更新,直至牵头建设上海自主智能无人系统科学中心,支撑上海三大先导产业之一的人工智能科研攻关。

"与祖国同行,以科教济世。"一代代同济人同心砥砺、为振兴中华而读书;济世兴邦,为强国富民而奉献;脚踏实地,把论文写在祖国大地上。

"办学之要,在教育,在教学,在教师之道。"同济大学始终以培养拔尖创新人才为己任,始终以"大师、大器、大爱"厚植沃土,成就每一位同学的梦想。"大师",是精勤育人的"四有"好老师,是指导你们仰望星空的大先生;"大器",是助你们成长的一流科研平台,是深耕在深海、深地、深空、人工智能等领域的国家重点实验室和前沿科学中心,是"政产学研用金"协力打造的卓越工程师学院、众多跨国企业共建的研究中心;"大爱",是同济人心系家国和放眼天下的情怀,是格物穷理、探求真知的执着,是勇于突破、敢为人先的锐气,是争创一流、止于至善的信念。

同学们,无限精彩,就在脚下,去发掘、去创造吧!

"千教万教,教人求真""千学万学,学做真人",怎样才能成为一个真正的同济人?作为校长,我有四点希望和建议,与大家交流。

一要学以明志,志存高远。

"学而不思则罔,思而不学则殆。"学习的目的之一,是养成独立思考的习惯。面对百年未有之大变局,面对瞬息万变的信息时代,我们要不盲从、敢质疑、求真知，独立思考，辩证分析，科学解决问题，才能从容应对挑战。"百学须先立志"，我们要树立远大的人生目标，塑造正确的人生观、价值观，找到真正意义上的获得感、满足感和幸福感。什么是正确的人生目标？李国豪老校长在德国留学时，年仅27岁就在国际桥梁工程界赢得了"悬索桥李"的美誉，在德国工作、生活条件优越的情况下，他毅然决然回到满目疮痍的祖国，任教同济，立志科教报国并为国家培养工程科技人才。同学们，作为新同济人，你们要把个人志向和国家民族命运紧密结合，这才是你们正确的人生目标和价值追求，这才能涵养你们的浩然正气、铮铮骨气、奋斗底气。

二要学以明理，包容并蓄。

大学之大，首先在于包容。包容，是眼界，是胸怀，是气度。眼界，是我们发现事物的广度和认知事物的深度。在一个多元复杂的世界，一个有宽广眼界的人，能够跳出狭隘的思维定式，从不同角度审视问题，找到更加创新的解决方案。希望大家能够不断地拓展眼界，让自己能够更好地发现和挖掘多元化的世界。胸怀，是我们对人对事的态度，我们要海纳百川，尊重观点和文化的多样性。我们要关心他人，互相尊重、互相欣赏、互相学习、互相促进，在"和而不同"中"求同存异"，实现协作共赢，相互成就。气度，是在困境和挑战面前的冷静，"泰山崩于前而色不变"，一个人只有内心坚韧、从容不迫，才能做出明智的决策，得出科学的结论，推动人类社会健康发展。

三要学以成才，行稳致远。

同学们，世界正经历百年未有之大变局，新一轮科技革命和产业变革正在加速发展，人工智能已成为重塑各个行业的驱动力量，我们还面临很多"卡脖子"的技术难题。这些难题，靠什么去解决？首先，你们要老老实实打好基础，学好本领。"合抱之木，生于毫末；九层之台，起于累土"，扎实的基础要靠积累。新的学年，学校将开设6840余门各类课程，希望同学们在课堂上和自学中夯实基础，丰富储备，练就过硬本领。其次，你们要有创新精神。中国科学院院士、土木工程学院李杰教授和学生给我们做出了很好的榜样。他们在结构工程理论创新的最前沿独辟蹊径，提出了"李—陈方程"，揭示了确定性系统与随机系统之间的内在联系，也为世界教材上的方程和定理增添了中国人的名字。希望大家都要敢为人先，努力实现更多"从0到1"的突破。再次，你们要久久为功。成就非一朝一夕所能得，但必须只争朝夕，日积月累，坚持不懈，才能破茧化蝶，突破极限，获得成功。与此同时，你们要坚持锻炼身体，涵养乐观的心态，既做学习标兵，也做体育健将，还要做快乐达人，努力做到为祖国健康工作50年。

四要学以致用，追求卓越。

在祖国最需要的地方大显身手，在人民最需要的时刻挺身而出，这是同济人的魂。放眼大江南北，重大战略、重大工程，无不带着深深的"同济印记"。从大洋钻探到探月工程，从人民城市建设到乡村振兴主战场，从风土建筑保护到乌梁素海治理，处处印刻着"同济烙印"。"国有召，我必应""啃硬骨头，找同济"，这些都已经内化为同济人的心中所向和自觉的价值追求。同学们，作为新同济人，希望你们在树立远大志向和练就过硬本领的同时，铸就舍我其谁、挺膺担当的凌云壮志，不断增强对自己、对家庭、对社会、对国家乃至对世界的责任感，不断挑战自我、追求卓越。请你们永远记住，在同济人的字典里没有"躺平"二字！"努力成长为担当民族复兴大任、引领未来的社会栋梁与专业精英"，这是学校对你们的期许，更应该是你们每一个人的价值追求。

同学们，你们生于盛世，学于新时代，何其幸也！你们新的校园生活与新时代中国式现代化建设同步开启，何其幸也！从此时此刻起，"同心同德同舟楫，济人济事济天下"的接力棒，就传到你们手中了。希望你们接力传承弘扬"同济天下、崇尚科学、创新引领、追求卓越"的新时代同济文化，立大志、明大德、成大才、担大任，不负韶华、不负时代，做奋发有为的强国青年！

谢谢大家！

（本文为作者在同济大学 2023 年开学典礼上的讲话）

拥抱大学　臻于至善

厦门大学校长　张宗益

亲爱的同学们、老师们，尊敬的中国人民解放军承训部队官兵同志们，尊敬的各位家长、各位朋友：

大家上午好！

巍巍建南，襟怀山海；泱泱大学，止于至善。今天，美丽的厦大校园迎来了13000多名来自五湖四海的新同学。你们的到来，为走过102载光辉历程的百年学府增添了青春活力、注入了蓬勃生机。在此，我谨代表学校全体师生员工，祝贺你们"跨越山和大海"来到心仪的大学，欢迎你们选择厦大作为"梦开始的地方"，翻开人生崭新篇章。

时光之河川流不息，每一代青年都面临着不同的人生际遇和时代课题。当前，百年未有之大变局加速演进，世界之变、时代之变、历史之变的特征更加明显，生成式人工智能技术的飞速发展，正在深刻改变着我们的社会和生活方式。在这样一个充满机遇与挑战的大变革时代，抢占新一轮科技革命和产业变革的制高点，是中华民族伟大复兴赢得战略主动的关键，这也更加需要当代青年躬逢其盛，成为强国建设中挺膺担当的先锋力量。在即将开启青春新航程的重要时刻，我想请同学们认真思考几个问题：大学之大，大在何处？如何更好地去拥抱大学？未来要成为什么样的人？怎样才能成为那样的人？今天借此机会，我想与各位新厦大人分享一些认识和体会。

大学之大，在于理想之远大。纵观古今中外大学，一个共同的特征就是有着远大的理想，为自己的国家、民族、社会的发展进步服务。北宋大家张载著名的"横渠四句"——"为天地立心，为生民立命，为往圣继绝学，为万世开太平"，道出了大学教育的宗旨。现代大学是人才培养的中心、科技创新的摇篮、社会服务的沃土和人类文明的高地，肩负着更加神圣的使命。102年前，校主陈嘉庚先生怀抱"教育救国"的崇高理想倾资创办厦门大学，自建校起便志在办成"世界之大学"，要"为吾国放一异彩"。刚刚闭幕的学校第十二次党代会再一次明确了建设中国特色世界一流大学的宏伟目标，更是彰显了南方之强"志怀祖国，希图报效"的宏愿与追求。同学们拥抱大学，就是要与大学一道，敢于筑梦、勇于追梦、勤于圆梦，在为国为民的赤诚奉献中成就更高境界的人生。

大学之大，在于精神之伟大。教育家汤用彤先生曾说过："大学精神之于大学，犹如人之灵魂之于身体。"大学精神承载着大学的历史传统，彰显了大学的核心价值，一所大学正是凭其独特的精神文化而屹立于世界大学之林。建校百余年来，厦门大学历经风雨淬炼、岁月洗礼，铸就了厦大人心中的精神坐标——"厦大精神"，它以"嘉庚精神"为源流，以"自强不息、止于至善"校训为精髓，以"爱国、革命、自强、科学"的优良校风为内核，以"感恩、开放、创新、和谐"的文化特质为品格，以"与时俱进、勇立潮头"的时代精神为追求。同学们拥抱大学，就是要用心体悟这些在历史长河中积淀下来的精神特质，在文化滋养与浸润中陶冶品性德行，塑造高尚人格。

大学之大，在于致知之广大。大学是问学求真的知识殿堂，汇集了从历史到现实、从物质世界到精神世界之探究，是钻研"大学问"之地。大学旨在培养能以超凡智慧探索宇宙与人类奥秘，具有创造力的卓越人才，是培养"大智慧"之地。"所谓大学者，非谓有大楼之谓也，有大师之谓也"，大学还是"大先生"的汇聚之地。厦门大学自创建之初便以"研究高深学问，养成专门人才，阐扬世界文化"为办学宗旨，广揽英才、精深学术，谢希德、卢嘉锡、陈景润等60多位院士曾于此学习工作，这里聚集了世界一流的教学科研团队，创造了一项又一项国际领先的创新成果，先后为国家培养了50多万优秀人才。同学们拥抱大学，就是要心怀热爱、追寻真理，在孜孜不倦的求索中掌握已知、探究未知、创造新知，为未来发展打牢坚实根基。

大学之大，在于胸怀之宽大。大学最具"世界胸怀"，是各国先进知识文化的集散地，是尊重国别差异和守护人类文明多样性的先行者。大学素来"一视同仁"，为不同文化和社会背景的人提供平等的学习机会。大学崇尚"兼容并包"，不同学术风格和研究方向得以自由发展，各种思想、文化和观念不断碰撞融合，在"和而不同"中发展壮大。厦门大学因海而生、伴海而长，拥有独特的"海峡、海丝、海洋"优势，这也造就了厦大海纳百川、胸怀世界的气度和博集东西、开放办学的格局。作为中国对外合作交流最活跃的高校之一，不同肤色、不同国籍的学生在厦大共聚一堂，不同特质的文化、不同观点的学说在这里相互交融，碰撞出新的火花。同学们拥抱大学，就是要培养开放心态和对多元文化的理解力，在兼收并蓄中汲取世界文明的养分，以自信自强之姿在广阔舞台上施展智慧。

同学们，你们选择了厦大，便是选择了成为一名有理想、有精神、有学识、有胸怀的厦大人。大学之大不仅在于达其高、承其重，还体现在对极致的追求上。校训里的"止于至善"就表明了厦门大学应永无止息地探寻"事理之极致",追求科学真理和人格精神的最高境界,在启智和修德上达到完美。作为你们的校长和师长,我有四点期待与大家共勉。

一是志存高远,实现人生价值的极臻。

立志是做学问的第一课,没有志向,青春岁月就会像无舵之舟漂泊不定。马克思17岁即立志为全人类而工作;周恩来14岁时就立下"为中华之崛起而读书"的远大志向。纵观他们的一生,无不成就一番大事业,这与他们早立志、立长志密不可分。胸怀大志,方可成大业。一个人如果没有高远的志向,取得一点成绩就沾沾自喜、止步不前,沉溺于"小确幸"的安逸生活,即便才华出众,也必然成就有限。同学们,你们圆满实现了考上厦大的目标,现在的你们要开始制定下一阶段的人生规划。作为同龄人中的佼佼者,希望大家"弃燕雀之小志,慕鸿鹄以高翔",怀揣超越学历与求职的远大志向,以"强国一代"为使命坐标,把个人志向融入党和国家事业之中,保持锐意进取的韧劲和"自找苦吃"的斗志,树立更高的学习目标、更远的学业追求,练就真功夫、硬本领,努力成长为可堪大用、能担重任的栋梁之材,让青春芳华在祖国西部、基层一线、重点行业和关键岗位的"大熔炉"里淬火成刚,绽放出绚丽光彩。

二是博学慎思,塑造底层认知的极简。

大道至简、悟在天成,纷繁复杂的表象背后,事物运行的内在机理和底层逻辑往往是简单的。但要从繁杂中发现简单、从表象中看透本质,首先需要做到深积学养、"把书读厚"。在这个知识大爆炸的时代,知识的边界被不断打破,许多重大现实问题已经无法靠单一学科和专业来解决,跨界融合、学科交叉已成为一种必然的趋势。"无用之用,方为大用",希望同学们在学习中超越功利性和实用性,充分利用好学校提供给大家的各类平台和机会,把全部时间和精力投入到学习中去,在深入钻研本专业知识的同时广泛涉猎各个领域，既学有所长又博学众长，建立起符合时代要求的多元知识结构。同时，要学会深度思考、"把书读薄"，不断加深对事物本质的认知和理解，在洞悉现象底层规律的基础上，化繁为简、去伪存真，集中精力解决关键核心问题，以"极简"的智慧应对复杂多变的新挑战。

三是求真笃行，追求创新创造的极致。

青年是社会上最具创新热情、创新能力的群体，理应走在追求真理、创新创造的最前列。同学们可能不知道，世界上第一个研制成功并获准上市的预防戊型肝炎疫苗，是由学校一群平均年龄不到30岁的科研人员攻关完成的，团队中70%以上的成员为在读的本硕博学生。就在昨天，我校科研团队在 Nature 杂志上发表了揭示电荷储存聚集反应新机制的论文，这项研究或将以全新角度推动锂硫电池发展，论文的第一作者是化学化工学院一名二年级的博士生。同学们，你们都具备很强的创新创造能力，希望大家以"敢为天下先"的勇气和科学质疑、理性批判的精神，想常人之不敢想、做常人之不敢做，大胆假设、小心求证，勇闯"从0到1"无人区。既要读好万卷书，更要行稳万里路，做到知行合一、学以致用，把论文写在祖国大地上，在回应时代之变、关切人民之需中瞄准创新方向，用无畏脚步丈量科研梦想，攻坚"卡脖子"难题，在实现高水平科技自立自强的赛道上奋力跑出厦大青年的最好成绩。

四是立德修心，涵养人格品性的极美。

厦大被誉为中国最美的大学校园之一，这种美不仅体现于自然之美、建筑之美，更体现在人性之美、底蕴之美。两千多年来，君子一直被奉为中国完美人格的象征和道德典范，君子文化也成为中华民族特有的精神标识。孔子有云："宽柔以教，不报无道，南方之强也。君子居之。"厦门大学被称为"南方之强",正在于其追求的是具有德性气质的君子之强,彰显的是柔中带刚、刚柔并济的君子智慧。孔子还指出,"质胜文则野,文胜质则史,文质彬彬,然后君子"。所谓"质",是人与生俱来的本真性格;所谓"文",是人经过教化后的道德素养。一个人如果质多而文少,就容易粗野鲁莽;如果文多而质少,就容易华而不实。唯有文与质搭配适宜,既有刚健质朴的天性真情,又有高雅的人文底蕴和品德修养,才能成就"文质彬彬"的君子人格之美。

苍穹不负少年意,岁月不枉赶路人。亲爱的同学们,你们的厦大旅程已然开启。面对时代的召唤、面对青春的邀约,希望你们引吭高歌、逐梦前行,臻于至善、履践致远,用奋斗和汗水成就更好的自己,在新的赶考之路上书写不负韶华的青春答卷!

最后,衷心祝愿同学们在厦园这片沃土上,学习如思源谷里的高山榕枝繁叶茂,生活如演武场边的四季桂芳香四溢,前程如芙蓉湖畔的凤凰花火红灿烂!

(本文为作者在厦门大学 2023 年开学典礼上的讲话)

启兹重大　奋楫争先

重庆大学校长　王树新

亲爱的同学们：

大家上午好！很高兴在这叠翠流金、丹桂飘香的美好时节，和大家相聚在美丽的虎溪校园，共同见证你们人生的重要时刻和全新的梦想旅程。在此，我谨代表学校向2023级全体本科新同学表示热烈的欢迎！祝贺同学们以优异的成绩圆梦重大，交出了奋斗其时、不负华年的满意答卷。

虎溪校园的后山顶有一座"启兹亭"。"启兹"二字，源于第二任校长胡庶华先生题写的校歌歌词"启兹天府，积健为雄。复兴民族兮，誓作前锋"。自1929年建校以来，重庆大学始终坚守"研究学术、造就人才"的初心使命，秉持"不计久远之成功，惟是当前之戮力。不期一驾之企及，惟是十驾之不休"的执着精神，坚韧顽强、孜孜不倦，育栋梁拄长天，兴教育佑乡邦，致力于为社会提供优质的人才输送和智力支持。同学们的到来，为学校注入了新鲜血液、增添了青春活力，也让我们深刻感受到"得天下英才而育之"的光荣与责任。

近年来，学校聚焦"双一流"建设，深度对接成渝地区双城经济圈、西部陆海新通道建设等国家和区域重大战略，在造就学术英才、兴业良才、治国贤才上勇当先锋，努力为大家的成长成才创造最好条件。学校推动成立本科生院，实行大类招生、大类培养、大类管理，面向全体大一新生开设"文明经典"通识核心课程，打造博雅书院、弘深书院、彭桓武书院等一流人才培养"样板间"，帮助同学们既夯实专业基础，又涵育综合素养，铺就长远发展基石，持续擦亮全面发展的育人底色。学校高标准建设国家卓越工程师学院、国家储能技术产教融合创新平台、明月科创实验班等创新人才培养"示范区"，让同学们在校企联合、产教融合、科教融汇的多场景学习与实践中，以知促行、以行求知，着力彰显知行合一的育人本色。学校大力实施"时代新人铸魂工程"，依托教育部高校思想政治工作创新发展中心（文化育人）、中华优秀传统文化（川剧）传承基地等育人平台，广泛汇聚各方面优质教育资源，构筑卓越人才培养"共同体"，让同学们都能找到丰富自我、展现自我的赛道和舞台，不断提升内外兼修的育人成色。未来几年，你们将在这里茁壮成长，为学校带来新的希望；学校也将作为你们脱颖而出的"梦想主场"，始终为大家保驾护航。

同学们，党的二十大擘画了全面建设社会主义现代化国家的宏伟蓝图，开启了以中国式现代化全面推进中华民族伟大复兴的崭新征程。作为党的二十大召开后升入大学的第一批本科新生，你们肩负的使命无比光荣、担当的责任艰巨繁重。面对中华民族伟大复兴战略全局和世界百年未有之大变局，面对成长道路上不期而至的新机遇新挑战，面对大学校园里自主独立而又丰富充实的学习生活，此时此刻，你们可能有忐忑与紧张，但更多的是满怀激动与期待。启兹重大，不仅意味着你们成了最年轻的重大人，更意味着你们要时刻奋楫争先，担负起强国建设、民族复兴的责任与使命，争当伟大理想的追梦人、争做伟大事业的生力军。借此机会，我想与同学们分享三点建议和希望。

第一，启兹重大，要坚持理想当先，挺膺担当，共赴时代。

世界文明的传承迭代，历次工业革命的突破飞跃，中华上下五千年的发展延续……人类前进的每一步都必然高举着理想的火把。94年来，正是怀着建"完备弘深之大学"的远大理想，一代代重大人传承弘扬"复兴民族、誓作前锋"的重大精神，披荆斩棘、笃行不息，始终奔赴在教育救国、兴学强国的最前线，为国家发展、民族复兴作出了重大贡献。新中国最美奋斗者、我校资安学院鲜学福院士，在1955年毕业分配登记表的志愿栏里写下"终身献身煤矿事业"，自此几十年如一日潜心科研，成为煤层瓦斯基础研究的开拓者，用实际行动践行了治学为国、科技兴国的理想信仰，彰显了矢志奋斗报国的责任担当。

大学是人生的关键阶段，同学们在此期间做出的每一个选择、付出的每一分努力都将对你们的成长和发展产生深远的影响，而理想的确立则是至关重要的前提。有了理想，青春才有航向。置身于"两个一百年"奋斗目标的大背景下，大家人生发展的黄金期与社会主义现代化强国建设历程高度重合，作为"强国一代"，你们将亲身创造和见证历史，自当胸怀家国、志存高远，在强国建设、民族复兴的时代潮流中树立坚定的理想信念，凝聚驱动中华民族加速迈向伟大复兴的磅礴力量，让青春在为祖国、为民族、为人民、为人类的不懈奋斗中绽放绚丽之花。

第二，启兹重大，要坚持学业为先，乐学笃行共勉成长。

"自古圣贤盛德大业，未有不由学而成者也"。学习是重塑自我、收获成长、实现理想的根本途径。大学阶段，学习仍是你们的本职任务。有别于高中，大学的学习需要更加主动和自觉，要不断增强学习内驱力，让自己真正成为学习的主人；大学学习的高阶目标并不在于掌握知识本身，而在于培养和提高自我学习能力。要善于探究式学习，在勤思细研中涵育批判思维和创新意识；要注重跨界型学习，在交叉融合中跨越知识边界和本领壁障；要坚持实践性学习，在躬身实践中锤炼专业特长和能力素质。

环境学院胡亚惊同学坚定学术志向，本科即发表SCI高水平论文，从实验"小白"成长为科研达人，获评首届"重庆大学学生年度人物"。公管学院陈欣弘宇同学怀揣"双创"梦想，在与工程、信息等学科的跨界融合中不断实现"1+1＞N"的超越，收获"互联网+""挑战杯""创青春"国奖大满贯。管科学院付彦博同学坚持学以致用，积极参与山区支教实践，以优异表现获评"中国大学生自强之星"，被选为成都大运会开幕式火炬手，在世界舞台绽放重大青年风采。你们身边的优秀学长，尽管各有不同却各自精彩。希望大家以他们为榜样，珍惜美好大学时光，把握当下、乐学笃行，切实打牢适应和驾驭未来的本领。

第三，启兹重大，要坚持立德在先，向善尚美共创未来。

才者，德之资也；德者，才之帅也。如果本领决定一个人能攀多高，心性德行则决定一个人能走多远。作为大学生，勤勉务实、诚实守信、感恩有礼、谦逊恭谨等都是你们应当具备的优良品质。唯有保持善良本性向上向善，涵养美好品行尚德尚美，才能真正行稳致远。进入大学，你们将感受来自全国乃至世界各地不同民族思维模式、生活习惯、个性爱好的相互碰撞，首先就要学会与人相处，尤其在集体生活中要懂得尊重、善于倾听、兼容并包、博采众长，努力做到各美其美、美美与共。

《人民日报》曾报道我校同一宿舍的曾琴、陈逸虹、方卓雅、吉宇四位同学，她们取长补短、共同成长，最终全员保研。和谐的集体氛围让她们"不仅仅是室友，更是成就彼此的家人"。2019级机自实验班32名同学"拧成一股绳"，他们并肩奋斗、共同进步，学年班级平均绩点3.61，最终25人推免研究生、2人留学深造，升学率超过84%。德不孤，必有邻。无论是寝室小集体还是班级大集体，正是大家见贤思齐、团结友爱，共同创造了破浪前行的精彩旅途，获得了乘风并进的美好体验。希望同学们将来也能收获这样的"神仙友谊"，与同伴一道，在学习中互勉，在生活中互助，无惧未知风雨挑战，携手共创美好未来。

亲爱的同学们，时代各有不同，青春一脉相承。重大百年潮将至，重大青年起而行。今天，你们一身戎装正式开启了大学生活，希望大家追随理想之光、担起学习之职、永怀崇德之心，踔厉奋发、勇毅前行，昂首唱响新征程激扬澎湃的青春之歌，努力续写重大人奋楫争先的精彩华章！

谢谢大家！

（本文为作者在重庆大学 2023 年开学典礼上的讲话）

四年后见证那个更加优秀的你

中国政法大学校长　马怀德

尊敬的老师们、亲爱的同学们：

大家好！今天，我们在此隆重举行中国政法大学2023级本科生开学典礼。今年，共有2354名新生迈入法大校园，开启人生新阶段。在此，我代表学校向各位新同学表示热烈的欢迎和衷心的祝贺！今年高考，在各位同学的加持下，我们的投档线又"卷"出了历史新高度，特别是北京的录取线，位次上升了1510名，成为"211"高校中的最大赢家。为此，我要代表学校，感谢你们选择了法大，也感谢辛勤培育你们长大成人的父母和老师！

军都山下，草木葱茏。法大是一所怎样的大学？我想你们在入学之前已经有所了解。官方介绍中的"中国法学教育的最高学府""中国人文社会科学领域的学术重镇"和师兄师姐口中的"小破法"似乎有点差距，但都是法大真实的模样。今天，先用四句话简单介绍一下你们即将学习生活四年的这所大学。

法大的地位特别重要。今年是法大建校70周年，在70余年的办学历程中，学校为国家培养了各类优秀人才30多万人，参与了自建校以来国家的几乎所有立法活动，引领着法学教育的创新。"以教书为业，也以教书为生"是钱端升等法大先贤的人生信条，"法治天下"是江平等老一辈法学家的崇高理想,"尽一个做学者的责任"体现了陈光中等知名学者的使命担当。还有那些始终坚守教育科研一线的广大教师,怀揣着教育报国依法治国的坚定决心默默奉献。从"五四宪法"、《婚姻法》,到"八二宪法"、《中华人民共和国民法通则》《行政诉讼法》等重要立法活动,以及在法治建设的各个领域,都留下了法大人坚实的足迹,展现了法治天下的家国情怀。在"软科"排名中,我校连续五年排名政法类大学第一,法学学科五年蝉联"中国最好学科"排名榜首。政治学、马克思主义理论学、经济学等学科也有不俗的表现。

法大的使命神圣光荣。建成致力于法治中国建设的世界一流大学是我们的办学目标,培养德法兼修、明法笃行,具有坚定理想信念、强烈家国情怀、高尚道德情操、扎实理论功底、卓越实践能力的高素质人才是我们矢志不渝的责任。站在新的历史起点上,法大以"为党育人、为国育才,为法治文明作出贡献"为己任,立志为实现中华民族伟大复兴作出更大贡献。

法大的校园充满活力。朝气蓬勃的同学们、可敬可爱的老师们是这所大学拥有的宝贵财富。是他们,让这个校园充满了浓厚的学术氛围。在法大,你可以与参与国家立法的专家一起交流,可以与业界大咖一起探讨行业前沿,也可以徜徉在浩瀚如烟的著作典籍之中,对话经典。法学以外专业的学生,你们同样可以获得扎实的专业知识,"法律+"的魅力会孕育更强的逻辑与思辨能力,磨炼出人生必不可少的闯关技能。

法大的设施精致便利。虽然我们两个校区加起来的面积不足600亩,但是,我们在这逼仄的空间培养了30多万优秀校友,可以说是"地均"法律人产出比最高的大学。校园小有小的便利,宿舍、食堂、图书馆和教室之间距离一般不会超过300米,用不了一刻钟,你就会逛遍整个校园。这样的办学条件,在今年的大学生满意度调查中,我们从2950所大学中脱颖而出，位列第14名，可见法大学子对学校的热爱！

同学们，来到这样一所大学，既是你们的幸运，更是我们的缘分。希望你们传承法大精神，积蓄法大力量，以奋斗姿态激扬青春，不负时代，不负华年，成就更好的自己！为此，我提出四点希望。

第一，志存高远，心系家国。

青年人立志，要有"俱怀逸兴壮思飞，欲上青天揽明月"的勇气，追求学业精深、探索前沿问题、勇于攻坚克难；要有"大鹏一日同风起，扶摇直上九万里"的气势，抓住机遇，用青春翅膀搏击长空，助力实现梦想；也要有"天生我材必有用"的信心，把个人的志向融入时代的潮流之中；以"黄沙百战穿金甲，不破楼兰终不还"的坚定信念，解决法治领域和国家治理中的各种问题；以"俯首甘为孺子牛"的为民情怀走出校园、走入基层，服务国家和社会。

第二，勤学苦练，笃行不怠。

在大学这个舞台上，学习是永恒不变的主旋律。从高中到大学的转变，知识的学习不再局限于知识点的堆砌，更加注重融会贯通、触类旁通，更加强调全面发展、实践探索，而人文社科类的学习更强调广泛的阅读和思维的训练。在此，我提出"勤读书、精修业、常实践"的要求。

"勤读书"是大学生的基本功，更是获取专业知识和提升素质能力的不二法门。既要读专业书，也要读专业以外的书，在读书过程中注重提高认识问题、理解问题、分析问题的能力。"精修业"要求大家上好每堂课。大学是培养优势和发展才能的时机，同学们要认真学习专业知识、强化专业本领，训练系统化思维，为今后的事业发展打下坚实基础。"常实践"，要求我们充分利用实习实践平台，在实践中发现问题，解决困惑。要充分利用赴海外交流学习、赴国际组织实习、普法实践、模拟法庭比赛等机会，把所学知识付诸实践，在实践中提升素质和能力。

第三，独立思考，开拓创新。

古有"行成于思毁于随"的教诲，有"学而不思则罔，思而不学则殆"的思辨，比知识更有价值的，是思考的能力。时代的浪潮将人工智能的发展推向了高峰，ChatGPT的问世给整个教育体系都带来了颠覆性的认识，但人文社科的思辨、法律的温度无法完全被人工智能所取代。作为新时代青年，你们要拥抱新技术，更要站在技术的肩膀上保持独立思考的清醒、保持批判反思的理智、保持探索创新的好奇心。

思则清，辨则明。学校每年组织的各种海内外辩论比赛，就是鼓励大家在问答之间、在思辨之间开拓视野，碰撞火花，接近真理。希望同学们拥有对创造未来的热情，独立思考，明辨是非，追求真理，永不言弃。

第四，强身健体，陶冶情操。

身心健康是成就人生一切价值的基石。卢梭曾说过：虚弱的身体，永远培养不出有活力的灵魂和智慧。作为法大人，强健的身体、健全的人格、乐观的心态，永远是你向上的生命力量。美育历来是法大教育的重要组成部分。十多年来，学校努力培养同学们的审美情趣和人文素养，坚持开设中华文明通论、西方文明通论等通识课，与中国交响乐团、中央芭蕾舞团等专业团体开展美育合作，让同学们足不出户，就能欣赏到国际专业水平的文化演出。希望你们每个人都能成为内心充盈、身心健康、活力四射的新时代青年。

同学们，"四年四度军都春，一生一世法大人"。未来四年，你们将一起看军都山下草木枯荣、启运馆里龙腾虎跃，一起听端升讲堂弦歌之音、法渊阁内琅琅书声，一起彼此陪伴、问道政法！

四年后，我们还在这里，一起见证那个更加优秀的你！谢谢大家！

（本文为作者在中国政法大学 2023 年开学典礼上的讲话）

赓续荣光　逐梦未来

中国石油大学（华东）校长　郝芳

各位老师、各位新同学：

大家上午好！

今天是第三十九个教师节，也是全体石大人最高兴的日子。今年是学校历史上招生最多的一年，8995名新生以优异的成绩考入我校，为学校带来了新的青春活力。首先，我代表全校师生，对以优异成绩考入我校的新生表示最诚挚的祝贺和最热烈的欢迎，对培养你们的家长和老师表示最崇高的敬意！向广大教师致以节日的问候和最美好的祝福！

在座的新生克服了疫情的影响和升学的压力，成为新的石大人。我有幸比你们早六年多成为石大人，来到石大工作后，我认真研究了学校历史，深深感动于学校艰辛的历史和卓越的贡献，总结出"家国同心、艰苦奋斗、惟真惟实、追求卓越"的石大精神。

石大是一所秉承家国情怀、作出了不可替代贡献的大学。作为新中国第一所石油高等学府，石油大学整建制地援建了多所石油高校，并不断探索工科大学发展之路，为中国高等教育特别是石油高等教育作出了不可替代的贡献。建校70年来，学校培养了30多万优秀学子，其中包括一大批杰出科学家、战略企业家、全国英模和卓越领导人，师生和校友参加了新中国所有大型油气田的勘探开发和所有大型化工厂的建设运行，为中国石油工业从无到有、从弱到强作出了不可替代的贡献。石油大学是全国少数几所双星闪耀的大学：以杰出校友王德民院士名字命名的"王德民星"和以老校长杨光华先生名字命名的"杨光华星"。这充分反映了石油大学办学、育人的辉煌成就，也正因这些成就，学校被称赞为"值得尊敬的大学"。

石大是一所历经艰辛、追求卓越但仍在创业的大学。学校先后在北京荒滩、东营盐碱滩和黄岛泥滩上建校，现在正在建设古镇口校区。不久的将来，你们将见证古镇口校区的全面建成和启用，届时石油大学将成为学生学习和生活条件最好的大学之一。学校始终以服务国家能源战略和经济社会发展为己任，以"双一流"建设为契机，强化了石油石化等传统学科，拓展了新能源、新材料、海洋、信息等学科，不断努力提升通用基础、人文社科学科，超前构建了符合学校特色优势、适应科技发展趋势、满足经济社会发展需求的学科专业体系。学校正在全面构建和完善新时代人才培养体系、科技创新体系和大学治理体系，将以卓越的师资、卓越的学术、卓越的文化和卓越的服务，为你们开启卓越的人生保驾护航。

同学们，成为石大人，是你们成就事业的新起点。借此机会，我分享三组词与大家共勉。

第一组词是"情怀与使命"。

在物质生活高度丰富的时代，进入大学，为谁学习是每一位学生应该认真思考的问题。我们敬爱的周恩来总理"为中华之崛起而读书"的精神激励了一代又一代的中华儿女。我相信很多同学都已经参观了校史馆，从中感受到了历代石大人的家国情怀与使命担当。党的二十大绘就了中华民族伟大复兴的宏伟蓝图，高水平科技自立自强是实现民族复兴的必由之路。你们是党的二十大胜利召开之后的第一届新生,你们将成为中国式现代化建设的新生力量。刚才我提到了石大精神,它的灵魂是家国同心,新时代石大人首先应该传承石大精神,以使命驱动学习应该成为新时代石大人的情怀。

希望新同学们涵养家国情怀,树立正确的世界观、人生观、价值观,以报效国家、贡献社会为人生目标和奋斗方向,将个人的学习与祖国的需要紧密联系在一起,立志明德,努力成为担当民族复兴重任的时代新人。

第二组词是"热爱与探索"。

热爱是一个人成为人才、成就事业的根本动力。华为创始人任正非先生曾说,"如果自己的兴趣爱好与工作机会相结合了,他就会无怨无悔""物质激励不是最重要的,重要的是能够找到自己热爱的岗位"。工作如此,学习同样如此,只有热爱,才能激发探索的动力,才会开展有深度的学习。

那么如何才能做到热爱,进而不断追求和探索?至少要做到两个方面:第一,要努力发现学科、专业之美,以好奇心激发对知识的渴望。我在暑期参加了由教育部教育质量评估中心和中国青年报社等单位联合录制的《向往的专业·院士对话青年学子》,其中学生问我为何热爱在很多人眼中非常艰苦的地质事业,我的回答是,因为地质学家可以与数亿年前的地球对话、零距离接触自然、发现地质之美。在地质学家的眼中,每一块石头都讲述着沧海桑田的演变;在生物学家眼中,显微镜下的每一个细胞都妙不可言;在数学家眼中,复杂公式中的每一个符号都是跃动的音符。因此说,热爱所学的学科和专业,发现学科专业之美,才能在自己的领域深耕不辍、终有所成。第二,要努力吸收相关学科的知识。当今时代,学科交叉融合已经成为实现跨界创新、产生创新成果的前提。学校不断推动理科、工科、人文社科之间的融合，通过多领域融合，推动学科发展，提升同学们的综合能力。希望每一位同学博观而约取、融释而贯通，以多学科的交叉融合，激发学习的动力和创新灵感。

第三组词是"勤奋与坚韧"。

进入大学是人生奋斗历程更重要的起点，唯有勤奋方能成才。成才之路没有坦途，更要培养迎接挑战、克服困难的决心、勇气和毅力。最近华为发售了Mate60pro，这是在美国极限打压下，华为人以"没有退路就是胜利之路"的英雄气概艰苦奋斗的结果，这也应该成为在座同学应对困难挑战的最佳教材。我校材料学院2020级硕士研究生李超，6岁时遭遇车祸，但不幸的遭遇并没有动摇他进取的信念和决心，他克服了常人难以想象的困难，以优异成绩完成研究生学业，在国际顶级学术期刊发表多篇论文，并在创新创业赛事、志愿服务等多方面表现突出，获得"中国大学生自强之星"等多项荣誉。李超同学应该成为你们学习的榜样。

同学们，再过十几天，我们就要迎来建校70周年。走过70年光辉历程的石大风华正茂，与年轻的你们一同站在新的起点。在新的征程上，学校将与你们一起勇担使命、勤奋坚韧、不断探索，共同开创美好未来！

最后，祝愿大家幸福成长、学有所成，早日成为国家栋梁！谢谢大家！

（本文为作者在中国石油大学2023年开学典礼上的讲话）

教师篇

挥洒汗水　收获成长

清华大学机械系教授　田凌

尊敬的各位老师、各位来宾，亲爱的三字班同学们，大家好！

非常高兴作为教师代表在今天的开学典礼上发言，首先，请允许我代表全体老师向今天入学的2023级新同学们表示热烈的祝贺！

42年前的1981年，我和现在的你们一样，带着对未来美好的憧憬，来到了美丽的清华园，1988年我研究生毕业后留校任教，开始承担一门重要的工科基础课的教学任务，时光如梭，迄今为止我已在三尺讲台上精雕细琢这门课程35年了。清华园以它独有的厚重、沉稳、宽容、温暖拥抱着来自五湖四海的莘莘学子，在这里，我们上下求索，追逐梦想；在这里，我们挥洒汗水，收获成长！从今天开始，你我成为校友，我们拥有一个共同的名字——清华人！这是一个令无数人羡慕的名字，这又是一个肩扛沉甸甸责任的名字。亲爱的三字班同学们，作为老学长和老教师，我想对你们提几点希望，不当之处，请批评指正。

第一，在学习上，要敢于"碰硬"，做一个主动探索、有真才实学的人。

9月18日起，你们将要走进教室开始上课了。相信同学们一定很期待，也可能会有一点点忐忑。如果问你打算怎样学习一门课程，我猜你可能会这样回答：我会认真听讲，主动预习学懂悟透每一个知识点，认真完成作业，复习，主动多做一些课外习题，争取以优异的成绩完成这门课程的学习任务。我相信，你能做到。但是，我认为做到这些还不够，你还是太"被动"了，因为你聚焦在知识点上，因考试成绩牵引而动。我希望同学们尽快从面向高考的高中生，过渡到自主探索的大学生。

在我看来，学习一门课程有三重境界。一是学知识：要珍惜和利用好本科阶段宝贵的课程学习机会，不要单纯为追求考试成绩而避重就轻，要敢于挑战"硬课"，强壮自己，为长远发展奠定坚实的知识基础。二是学体系：要深入研究课程的体系结构，把握知识点之间的内在联系，这是从面向考试的被动学习向自主拓展知识的主动学习转变的前提。三是学方法：理解和掌握该课程所在学科研究问题的思路和方法，开阔视野，学会发现未解问题、自主探索新知识。

课程是连接师生的纽带，是师生密切互动的平台。在这里，你可以作为一名学生向老师请教课堂上没有听懂的问题；但更重要的是，你要敢于以一名学者的身份，主动、平等地跟老师探讨学术上的见解，在不懈的探索中逐步提升自己。

宽厚的知识基础、开阔的学术视野、较强的自主拓展知识的能力，这是一个有真才实学的学者的标配，是勤奋努力、不断学习积累的结果，我希望你们能做到。

第二，重视实践，积极走进实验室、走入社会，研究真问题，掌握真本领。

首先给大家描述一种现象。每年推研的季节，都会有一些本科生找到我争取读直博，有本校的，也有外校的。我常常会问他们同一个问题：你为什么要读博？有好几次得到这样的回答：想来想去，我不知道自己会做什么，也不知道能做什么，还是争取先读博吧！你们不要以为这样回答我的同学是因为学习不好，才觉得自己不会做什么。实际上，他们都是学习成绩很优秀的学生。问题何在呢？我长期观察和研究这个现象，发现这类学生虽然成绩很好，甚至实践类课程的成绩也很好。但是，他们常常缺少参加面向真实问题、真刀真枪做研究的机会。真刀真枪做科研，哪怕面对的问题并不尖端，也不前沿，学生都需要自主发现问题、分析问题、提出解决问题的方案，并且在实践中进行应用验证，这种经历和锻炼会极大提升学生的科研能力和创新意识，增强自信心。

在此，我希望刚刚走进清华园的你们，不要把自己定位成什么都不适合做的学术小白，由此躲避潜在的挑战。要积极寻找机会走进实验室、走入社会，研究真问题，在实践中掌握真本领。你可能会认为到研究生阶段再做科研也不迟。实际上，本科阶段思维开阔，受约束少，可塑性强，是培养创新能力的重要阶段。

第三，做一个有情怀、有担当、有温度的人。

1981年适逢改革开放之初，我和我的同学们怀着"振兴中华，从我做起"的雄心壮志，在美丽的清华园昼夜苦读。我清晰地记得，当年我们带着两个馒头在教室里画了一天图。本科毕业至今，我和我的同学们见证并参与了改革开放、国家逐步繁荣富强的全过程，这给予我们满满的成就感和幸福感！我们感恩处在一个奋斗、发展的好时代，也感恩培养我们成长的清华园，使我们有了为国效力的本领。2023年的今天，恰逢百年未有之大变局，你们来到了清华园！看到意气风发的你们，我的眼睛有点湿润，仿佛模糊中看到30年后的你们，那时候，中国会变成什么样子呢？

亲爱的三字班同学们，你们赶上了一个更好的时代，已经实现了小康社会的中国以更开放、更坚定的步伐砥砺前行，她的未来将由你们定义！

你们也将面临更加严峻的挑战，希望你们从容清醒，坚韧不拔！同时，希望带着成功的光环走进清华园的你们，做一个温暖有大爱的人。在各行各业辛勤工作的劳动者，他们是你们的兄弟姐妹、衣食父母，对他们要心存敬意，美好的明天将由全体人民共同建设。

希望你们扎根泥土，放眼世界，为国家的发展和人类的进步贡献聪明才智，书写自己的精彩人生！

谢谢大家！

（本文为作者在清华大学 2023 年开学典礼上的讲话）

扎根　沉潜　蓄积　绽放

北京大学文研院教授　杨立华

老师们、同学们：

上午好。很荣幸作为教师代表在这里给新同学讲几句话。

首先欢迎各位新同学的到来，并对你们将在北大的校园里迈向人生新的阶段表示祝贺。

当然，这份由衷的欢迎和祝贺背后，却又有一些隐隐的担心。作为已经在这个校园里执教25年的教师，我见过或听过的太多。我担心你们在竞争的挫败中丧失肯定自我的能力，我担心你们在太多的选择面前凌乱了成长的步调，我担心你们因太多现实的考虑消磨了锐气与雄心。虽然我知道这些担心是没意义的——因为该经历的总得经历。对于有足够准备的心灵来说，一切都没什么大不了的。凡是可能否定你的，都有可能在更高的层面上成就你。我所有的担心都指向一个希望，希望你们不要荒芜了自己的青春。

从今天起，你们的大学生活就开始了。大学之为大学，人格之大与学术、思想之大是题中之义。但是何为大、如何成其大，却没有现成的答案，需要每位同学自己去思考和探索。我在这里谈一点个人的体会。孟子说："充实之谓美，充实而有光辉之谓大。"《周易·大畜卦》象辞说："刚健笃实辉光，日新其德。"之所以有"笃实辉光"，是因为象中的《艮卦》，"艮"之义为"止"（停止的止）。对于你们这个阶段而言，"止"是扎根的努力，是沉潜、蓄积的前提。不管有多么丰富的可能，你总得选一个地方扎下根来。你若志在乔木般的生长，那就把根扎向大地；你若志在江河般的不息，那就把根扎向激流。哪怕你志在追风，那风里也得有你看不见的执着根须。找到一个值得自己为之奋斗终生的志业，在我看来是大学阶段的第一要务。

黑格尔说："现代社会是一种散文的世界，而不是一种诗意的世界。"我很喜欢他这个说法，但并不完全赞同。我从不觉得庸俗功利是现代独有的。市侩的算计什么时代都有，所谓"滔滔者，天下皆是也"，市侩永远不会消失，但也总会有诗意和高贵，每个时代都有。现实不是借口，没有人在现实之外，也没有人能完全脱离现实的考虑。但现实可以成为使诗意和高贵成形的条件。关键还是在你自己，在于你究竟想成为什么样的人。诗人西川说："你得相信大海有一颗蓝色的心脏！"

技术宰制的世界，一切似乎都指向了小。当一切似乎都碎片化了，当短的形式笼罩了生活的每一个细节，我们还能够期许完整和全体吗？然而，离开了整全的人格、整全的视野和思想格局、整全的心量，碎片又在何处安顿呢？生态圈里，如果没有参天大树，靠什么来固持水土？我从不排斥小，小当中也可以有丰富和饱满，前提是它得能映现出整全来。太多本该长成参天大树的种子，长成了丛生的灌木。当然，我并没有"荒漠化"之类的悲观感慨。因为过往的职业生涯里，我同样见证了太多渴望成长并一直持续成长的年轻人。而今天，又迎来了你们。在我个人的经验里，要想避免碎片化，只有通过阅读。对所在学科的经典的完整阅读，借此领会精神展开的脉络。有深度、有硬度的阅读在凝聚精神的同时，也为个体的精神赋予结构。不管信息处理的方式如何演进，书还得一页一页地读，从第一行到最后一行。终有一天，世界会向你呈现为大写的文本，你的阅读和你的行走，也将成为祖国大地上的书写。

同学们！在轻与重之间，我希望你们选择负重的人生。心量取决于意愿。勇于担起时代之重的人，才能成其大。人生因负重而充实，因充实而饱满、光辉。总有一天，你们会成为一代的担纲者，把一个时代的责任掷入自己的胸渊。扎根、沉潜、蓄积，然后绽放。青春是用来绽放的。虽然，绽放只是结成硕果的环节。但无论如何，先绽放吧。就像西川在《开花》中说的："开出你的奇迹来！"

谢谢！

（本文为作者在北京大学文研院2023年开学典礼上的讲话）

放眼天下　术道兼修　挖掘宝藏北大

北京大学国际关系学院教授　韩华

尊敬的老师们、亲爱的同学们，大家下午好！

今天非常荣幸作为教师代表欢迎来自国内外的莘莘学子在酷暑后的初秋来到美丽的燕园，成为国际关系学院大家庭的一员。经过数不清挑灯苦读的日子，闯过无数轮考试关口的你们，终于在高考金榜题名，进入北大。正所谓"梅花香自苦寒来"，为你们自豪、为你们鼓掌！

你们的到来不由勾起我的一波回忆。41年前，怀揣着毕业后当一名外交官的梦想，我踏进了这座古老而又充满活力的学府。然而，斗转星移间燕园竟成了我人生中长久驻足、不舍离开的学术圣殿。燕园的春夏秋冬、沧海桑田陪伴着我从一名对国际政治毫无概念的学生变成了授业解惑、孕育桃李的教师；从一个曾经满怀"弱冠请缨志、天地一望收"之情的青葱青年步入到欣然接受"既已知天命，达人乐悠悠"之意的花甲之人。41年的北大岁月，我不仅见证了我们国家和北大的快速发展与壮大，更体会到作为一名北大老师的荣幸、快乐与些许成就感。这种感受很大部分来源于我的工作中面对的是一批又一批像你们一样有才气、有担当、有思想的"天之骄子"。面对如此优秀的学子，我只能让自己与时俱进、自我提高、尽力把握学术前沿。

今天，作为一位职业生涯接近尾声的老教师迎接洋溢着青春朝气、对知识有着无限渴望的你们来到北大、来到国关学院，顿生一种新老交替、交接知识接力棒的神圣感。同学们，你们即将开启在北大这个学术殿堂中汲取知识，接受正规、严谨的学术训练的旅程。在这个迎新的场合，请接受我几句"好为人师"式的唠叨，这些唠叨都发自我作为"过来人"的一些亲身感悟和留有的遗憾。希望这些唠叨能为你们开启北大的学生生涯提供一些借鉴。

第一句唠叨：做个有国际视野的国关人。

国关学院同学们经常提到的一句口号是：爱国关·天下。这里的"国关·天下"对我来说有几个意思。首先，作为国关的一分子首先要做一个有家国情怀的人（这里的"家、国"包括我们的中国，也包括留学生们自己的国家）。同时，国关人要关心世界；要掌握关心、观察天下与世界的钥匙与能力。当今国际政治正处于百年未有之大变局，国际关系经历着结构性、剧烈性的变化。作为一个国力与影响力日益提升的国家，中国也身处这一变局之中，甚至是变局中心，面对各种挑战与压力。作为国际关系学院的学生，同学们会在教室内外、学术活动中、媒体上体会到国际政治的复杂性、大国博弈的激烈性。但是，国际政治越是复杂、大国博弈越是激烈，国关人就越是要具有国际视野。在我看来，国际视野的核心是一方面要从里、从我们的视角向外看世界，另一方面也要学会从外、从其他角度向内看我们自己。这样才能更加全面、平衡、理性地了解这个世界，看懂中国在国际舞台上的角色。

第二句唠叨：做一个"术""道"兼修的学生。

这里的"术"简指专业知识，而"道"则简指治学之道、为人之道。走进北大、走入国关，同学们最主要的任务当然是学习专业知识，包括专业理论、研究方法等。用老话讲就是术业有专攻。具体讲，同学要通过修足够学分、争取好绩点来修炼好"术"，为以后的深造、就业积蓄实力和本领。但作为北大国关的学生，我希望同学们在学习专业知识的同时，也试着从各位老师身上求得"术"之外的"道"，即学习为人之道、治学之道。"道"难以用准确的词语表达其意，姑且让我用不那么哲学的词语表达，那就是学术好奇心、进取、严谨、规范、谦逊。尽量不那么功利、不做取巧之事、不做精致的利己主义者。这么多年的经历告诉我，上了大学，智力达到一定水平，求到专业的"术"之后，你的人生拼的是"道"，即为人之道、治学之道。"术"与"道"就像两只翅膀，缺一不可。只有插上这两只翅膀，才能飞得高、飞得稳。

第三句唠叨：北大是个宝藏，你可以尽情挖掘。

对我来说，北大是一个埋着无尽宝藏之地，需要好奇心、热情以及时间去挖掘。可惜我没有好好"淘宝"。这是我的遗憾，希望你们不再留此遗憾。首先，北大有着学识渊博、著作等身的老师们，同学们可以通过选课、参加学术会议、答疑时间、写论文等机会得到老师的知识传授；其次，北大有着藏书量名列亚洲大学前茅的图书馆，置身其中，仿佛在知识的海洋中畅游。虽然必须承认现在的学生课程多、作业量大，读书的时间有限。但我真诚地期望同学们能挤出时间多读些书，读学术经典之外也读一些所谓的"闲书"。因为书中真的有"黄金"！再次，北大的校园既美丽、充满历史感，又承载着浓浓的北大文化。"一塔湖图"为我们的学习生活平添了一丝奢侈的优雅。而"一塔湖图"承载着独一无二的校园文化，它可能像空气一样，闻不到摸不着，但同学们又不能没有它。没有校园文化的熏陶，北大人就缺了北大的精神气。校园文化也是鲜活、有物质支撑的。谈到校园文化，人们会想到教室中挤满了人的北大讲座、各种学生社团、精彩纷呈的体育比赛，甚至还会想起那几只具有哲学家气质、在教室中似睡似在思索的猫等。我是个北京人，大学和研究生期间每个周末和法定节假日都赶着回家，结果，我在北大的求学生涯中没有充分享受到珍贵的校园文化，这让我至今还耿耿于怀……北大的宝藏数不胜数，很多宝藏还等待着你们继续挖掘！对于新生来说，北大这个学术殿堂可能还属于待开的"盲盒"，但只要你们心怀学术好奇、长远理想，那就默念"芝麻开门"吧，北大会给你们带来无限惊喜！

祝同学们在北大学习愉快、学有所成！

（本文为作者在北京大学国际关系学院2023年开学典礼上的讲话）

勇于进取　与物多情

复旦大学教授　陈尚君

2023级的新生同学，上午好！

庄重的开学典礼上，作为教师代表发言，我感到很荣幸！也很羡慕你们，年轻真好！更愿送上祝福，希望所有同学学业有成，人生欢喜！

我进复旦大学学习、工作至今47年，一直感到复旦是一所开放包容、多元温暖的大学，在我心中，复旦就是中国最好的大学。每天很充实地工作，每天都在成长，每天都有收获，唯一的遗憾是不知不觉就老了。我在中文系教书，中文系1925年确立的办学宗旨是"整理旧文学，创造新文学"，新旧融通，兼存并取，各成学派，互相尊重。复旦大学建立于1905年，至今118年，建校校长马相伯虽是天主教徒，但他确定的办学宗旨是崇尚科学精神，重视人文素养，绝不传教。复旦的校名取自《卿云歌》，苏步青校长解释为"又一个早晨"，也就是日新月异，创造进取。复旦校训取自《论语》，复旦校歌写成于二十世纪三十年代初，新同学很快就会熟悉，典礼结束后会一起歌唱。这些都构成了复旦精神，沿传许多代人，我到校时清末出生的老辈学者还在，他们的学术精神给我以很大鼓舞，令我感到了人生的特殊意义。

复旦大学是最早实行学分制改革的学校，教学改革的目的是让不同才情、不同趣尚、不同人生规划的同学，在学校老师及其所开设的课程中，找到自己的位置。复旦一直鼓励多元发展，希望所有同学都能认真规划自己的未来，找到自己的发展定位。我在这里分享两段大部分同学耳熟能详的前贤议论，供各位参考。

近年国学很热，如果评二十世纪国学第一人，我认为还是王国维，他为旧学向新学转型做了全方位的开拓。他在《人间词话》中，引三段宋词描述了成就大学问大事业者经历的三种境界。第一段来自晏殊的《鹊踏枝》："昨夜西风凋碧树。独上高楼，望尽天涯路"，是说摆脱俗谛，超越红尘，或者说不要急功近利，不要纠缠日常是非，心怀高远，追求永恒。第二段来自柳永的《蝶恋花》："衣带渐宽终不悔，为伊消得人憔悴"，也就是孟子所说"苦其心志，劳其筋骨"，必须付出艰苦努力，没有人能随随便便成功。第三段来自辛弃疾的《青玉案》："众里寻他千百度。蓦然回首，那人却在，灯火阑珊处"，这是在历经刻骨铭心、锲而不舍的追求后，意想不到又在情理之中的最终得解，也就是禅宗所谓"言下大悟"，也是中外许多科学家在取得关键突破时的一瞬感悟。我治唐代文献几十年，只有一次达到这种感觉，即我怀疑司空图《二十四诗品》是伪书，苦无确证，某晚读书突然发现铁证，惊喜莫名，这是可以改写全部中国文学史和文学批评史的重大发现。

我做中国古代文学研究，1980年还在读研时，在《南开学报》上读到连载王梓坤院士的《科学发现纵横谈》，印象特别深刻，学术起步做唐诗辑佚，将此文所谈石油勘探方法用到文史研究中。近年完成全部唐诗的全面写定，我毫不掩饰受到西方生物分类的影响，全面占有文献，做多层级差异比较，一切务求还原原始文本。王文从德、识、才、学四方面展开论述，更让我觉得任何人的成就都离不开这四个方面。给任重书院新生寄语中，发挥成四句话，即德辨妍丑，识知进退，才尽天秉，学务精勤。具体来说，德可以是民胞物与、家国情怀、道德操守、人生信仰，更应包括学术诚信、人际承诺、群体合作、个人担当，古人说万行德为先，大家都能理解。识是见解，是胸襟，是气象，是眼光。人生多歧，学者不免迷失方向，所谓阮籍痛哭，正因为此。钱钟书曾感叹世上何以有那么多他不要看的书，也是如此。希望同学们放开眼界，掌握方法，增进识见，追求高远。当然，今后专业发展、爱情选择、课题掌握，乃至毕业后的工作遴择，都会考验你的见识。才是才华，才华之于每个人并不公平，表达能力，艺术禀赋，身体条件，记忆强弱，个体差别很大。近年我难得地读懂了李白，称其为天才英丽、旷世天才，都没有问题，看到他少年时曾三拟《文选》，存世诗作曾反复修改，方知他是天才而特别用功。我相信，天赋异禀者善用才华，又勤奋努力，成就不可限量。稍有短板者也不必气馁，后天努力可以改变一切。学当然是后天的努力。我特别要提醒本科新生，教育的公平普适，高中时期你们学到了许多确定性的知识，进入大学，请你们理解世界是立体的，万物是多元的，答案和对错都是相对的，忘记过去，重新出发。

最后，录两段话与同学们共勉。一是近代改革殉道者谭嗣同的两方私印，一曰勇猛精进，二曰芬芳悱恻，即勇于进取，与物多情。后一句如果用现代诗表达就是当看到花开花落时，同学你还有眼泪吗？同学们在努力前行时，也要能内心柔软地去体会世界。二是我导师朱东润先生的一段题词，"用最艰苦的方法追求学识，从最坚决的方向认识人生"。

（本文为作者在复旦大学 2023 年开学典礼上的讲话）

不忘初心　牢记使命

西安交通大学教师　陈小明

尊敬的领导、老师，亲爱的同学们，大家好！

我是来自未来技术学院的陈小明，很荣幸作为教师代表与大家进行交流。首先请允许我代表全体教师，向进入这所有历史、有情怀、有精神、有抱负的大学新同学们，表示热烈的欢迎和衷心的祝贺！

22年前我如诸位一般朝气蓬勃、意气风发，在这里开启了大学生活。作为老师和学长，我想与同学们分享几点体会，希望同学们的大学生活过得精彩和有价值。

第一，完成角色转换，确立未来目标。

进入大学，心态和行动上都要完成角色的转换。鼓励大家更多地通过采集式、自主式、研究式等学习方式，以问题为导向，发现、分析和解决问题，实现从被动学习到主动学习的转变。

大家应该有意识地在前两年确立自己专业或职业的目标，规划未来的发展路径。想继续深造读研的同学，可在高年级进入不同的实验室，尝试多种课题，逐步明确未来研究方向。想找工作或留学的同学也应提前做好准备，提升需要的能力。有了明确的方向，才能更积极有效地度过大学生活。这里有图书馆、实验室、优秀的老师和学长，大家可以根据需求，最大化利用好各种资源，逐步实现自己的目标。

第二，踏实、勤奋和努力。

目标清晰后，不要急于求成，人缺少的往往不是雄心壮志，而是"久久为功"的精神，世界上最远的距离，是"知道"与"做到"。想有所作为，就要踏实勤奋，有了足够的积累，事情自然会水到渠成。

大学本科阶段是由基础知识学习向专业知识学习转型的关键时期，大家可以制订可行的学习计划、良好的时间规划甚至细化到作息时刻。同宿舍、同班同学间可互相监督。良好的学习和生活习惯会逐渐带来成效，形成良性循环。

第三，学会面对挫折。

大学迎接你们的除了梦想和荣誉，也会有挫折和失败。交大本科课程难、要求高，一开始你可能适应不了节奏太快的学习和生活，会怀疑自己的能力潜质。但经历挫败、从中学习，也是大学的必修课。成功不取决于过去的成绩基础，不依赖于机缘巧合，而是来自对自我的不断挑战，以及经历挫折后的不断进步。遇到困难也请记得找本科生导师、班主任、辅导员等，我们都在一站式学生社区里伴随大家健康成长。

也希望大家积极参与体育、美育、劳动教育等相关活动，培养良好的体育精神，认识艺术与科学的统一、体悟劳动与奉献的意义，希望大家不断成长，学点手艺，假期为父母做几道菜也是进步。

愿交大的学子，树立远大的理想和抱负，不忘初心、牢记使命，做西迁精神新传人！

最后祝大家学习顺利、身体健康、生活愉快！谢谢。

（本文为作者在西安交通大学2023年开学典礼上的讲话）

格物穷理　守拙创新

中山大学物理学院教授　王猛

尊敬的各位领导，各位老师，亲爱的同学们：

九月是收获的季节。具有近百年历史的中山大学迎来了朝气蓬勃的你们，你们的到来使这座钟灵毓秀的校园格外生机盎然！我非常荣幸作为教师代表在此热烈欢迎各位同学，祝贺你们进入中山大学！

亲爱的同学们！不知你们是否还沉浸在金榜题名的喜悦中，抑或是已经开始结识与自己兴趣相投的朋友、开始规划自己的大学生活？我想利用今天宝贵的机会和各位同学交流一下我心中的大学和大学生活。

何为大学？每个人心中都有不同的答案。我认为，大学是培养具有高深学问并为国家社会服务的专门人才之所。因此，今天我想谈三个关键词——爱国、学习和创新。

孙中山先生曾说过，做人最大的事情就是要知道怎样爱国。爱国是立身之本、成才之基。我国是社会主义国家，举国家之力办大学，我们国家的大学就是要培养社会主义建设者和接班人。在抗日战争时期，中大人就"读书不忘革命、革命不忘读书"。学校曾辗转粤西罗定、云南澄江、粤北坪石等地办学，那时大学的学习条件艰苦、机会难得。即使是现在，有机会进入中山大学学习的学生也仅是很小一部分，同学们是代表了很多同龄人来受高等教育的，理应立志于扎根人民，奉献于国家。

学习需要强大的、持久的动力，这个动力来源于个人兴趣和恒久的、远大的志向。孙中山先生曾说："诸君立志，是要做大事，不可要做大官。"这个志向对于中大人来说可能不仅是"改造一国"，而是"改造世界"。希望同学们也能将自己的志向同国家的前途和人类的命运紧密联系起来，这样你们将拥有恒久的动力，你们的未来将有无限的可能！

亲爱的同学们！学生在大学的首要任务就是学习。在大学学习，同学们是在人类浩瀚的知识宝库里汲取所需，几乎没有边界、没有尽头。大学的专业知识学习要在某一学科领域做到精、专、深，不仅要系统性学习专业基础知识，还要学习解决问题的逻辑方法，了解专业发展的前沿动态，这样在学习传承的基础上才有可能运用并创新。大学的教育虽以掌握固有知识和方法为主要路径、辅以探索性学习，以达到适应未来发展的目的，但最终目标还是要拓展人类的知识边缘，创造新知识、提出新思想、发明新方法。

任何知识当我们将其作为专业学习的时候，都不是轻松愉快的。同学们，如果你喜欢所学的专业一定要如饥似渴、孜孜不倦地学习，因为大学有大师、有最好的学习资源和环境。大学阶段也是一个人学习的黄金时期，如果你尚未对专业建立浓厚的兴趣，更要勤奋地学习，这样你们才能获得更多选择的机会。大学阶段不仅要打下厚实的基础，还要培养质疑的精神、严谨的逻辑，养成自我学习、终身学习的习惯。世界处于百年未有之大变局，唯有真才实学才是同学们立命之本。我们的校训"博学、审问、慎思、明辨、笃行"就很深刻地阐释了我们该如何为学、如何行事。

亲爱的同学们！世界上唯一不变的是变化本身，适应未来唯有创新。创新是中山大学精神的重要特征。孙中山先生提出"敢为天下先"，在校史上，中山大学的先辈们创下无数个世界第一、世界首次，丁颖、陈寅恪、容庚、张云、陈序经、陈心陶、陈国达、戴镏龄、蒲蛰龙、龙康侯、高兆兰、端木正等，校史馆的画廊里铭刻着他们的光辉业绩；现如今，我校的国家超级计算广州中心"天河二号"、天琴计划、"中山大学"号海洋综合科考实习船、眼科学国家重点实验室、华南肿瘤学国家重点实验室等无一不体现中大人的拼搏进取。今年我们团队也有幸发现世界上第二类突破液氮沸点的非常规超导体，受到国内外同行的广泛关注和高度评价，更加让我体会到创新是科学研究的生命线。各位同学在大学里学习专业知识，未来必将面对前人未涉足的工作，创新将是基本生存能力。一切无论简单抑或复杂的重复性工作岗位随时都可能消失。希望你们从大学阶段就解放思想、敢于质疑、勇于求索，培养敢为人先的锐气和超越前人的雄心壮志。

亲爱的同学们！大学的时光之于人生是短暂的，但是具体到每一节课、每一次作业、每一本需要阅读的书可能会让你感觉漫长，而逐渐失去学习的兴趣和动力。虽然每一天的努力给个人带来的成长难以量化，但是只有积跬步，方能至千里。1.01的365次方约等于37.8，0.99的365次方约等于0.03。我们所学知识的关系并不是线性叠加的，当知识融会贯通之时就会发生奇妙的化学变化。我们不能保证每次努力都会成功，但是如果一直努力，就必定会成功！

知物由学，格物穷理，守拙方能创新。

祝愿同学们的大学生活充实而快乐，也祝愿同学们学有所成，为国家、为民族、为人类作出贡献！

（本文为作者在中山大学2023年开学典礼上的讲话）

不负韶华 砥砺前行

四川大学化学学院教授 王玉忠

亲爱的同学们：

大家上午好！

我是四川大学化学学院目前在岗最年长的教师，如果从1982年本科毕业留校任教开始算起，已有41年的教龄了。今天，我非常高兴有机会参加你们这一届同学的开学典礼。在此，请允许我代表四川大学全体教师，向各位同学能步入四川大学这所被纳入我国"双一流"大学建设的重点大学求学，表示衷心的祝贺和最热烈的欢迎！

每年，在实验室的研究生开学典礼上都要跟同学们说，我最喜欢川大的校训"海纳百川，有容乃大"。大海之所以宽广，是因为可以容纳众多河流；我们要像大海能够容纳无数江河水一样，拥有宽广的胸襟。今天我想跟同学们分享一下自己对校训的新理解。

一容一纳，便是容纳。在时间维度上，川大容纳着悠久的发展历史；在知识广度上，川大容纳着齐全的学科门类；在文化厚度上，川大容纳着"开放、包容、厚重、大气"的文化底蕴；在科学深度上，川大容纳着各个领域的学术大师，他们甘坐冷板凳、十年磨一剑的科研精神令人动容。

当同学们漫步于校园，你们就能感受到川大的历史文化积淀。参天之木，必有其根，怀山之水，必有其源。自1896年到2023年，四川大学屹立于"天府之国"成都已127载，其间几经演变，特别是经历了三强合并，才汇聚成今天所见的模样。如今，德水、沫溪和巴渠穿流于建筑楼宇，最终汇入明远湖水，与川大过去百余年的脚步遥相呼应。

穿梭于学院，你们就能知晓川大齐全的学科门类。四川大学坐拥文理工医、经管法史、哲农教艺等学科门类，各学科皆有自身独特的优势，学科与学科之间深度交叉融合，构成了一个更加多元、创新的教育体系。

当同学们迈入教室或实验室，你们就能体会川大雄厚的师资力量。你会发现，站在讲台上耐心讲解一个细小知识点的老师，是某个领域的大牛。未来在川大求学的日子里，你们将师从各个领域的优秀学者，学会把优秀当作一种习惯，既要仰望星空、紧跟时代，也要有久久为功的定力。

当同学们走进图书馆，你们就能了解川大丰富的学术资源。这里保存着毛主席当年亲自调阅的明代刻本《西厢记》，这里收录有《化学文摘》等世界知名检索期刊的创刊号。在这里，一代代川大学子跟随书中的智者访古问今，与时俱进。

接下来的日子里，川大将见证在座各位同学的成长。在此，对大家有四个祝愿。

一愿大家惜取少年时。

四年的时光并不短，可当大学生活真正开始，岁月便将如梭流走。大学不同于高中，高中的时光被规律地安排在一节节课堂里，而大学除了课堂时间，还有许多可自由支配的时间。因此，愿大家珍惜课堂时间和课外时间，课外多参加科研训练和社会实践，充实自己，不负韶华。

二愿大家珍重读书身。

人生是一场长跑，学习则是前进过程中源源不断的动力。读书、学习，能让我们丰富自己、武装自己、成就自己，也能让我们的人生拥有更多可能。因此，愿大家走出寝室，走出舒适区，多去图书馆，进入知识海洋，拓宽知识的边界。

三愿大家胸怀天下事。

近年来国际形势风起云涌，大国博弈日益激烈。作为新时代的年轻人，不仅要关注自身发展，更应将家国情怀化作动力源泉，有胸怀天下的责任担当。因此，希望大家把小我融入大我之中，将个人追求与民族复兴、国家发展紧密相连，与世界同呼吸、共命运。

四愿大家常怀感恩心。

父母之恩，泽如江海；老师之恩，润如春雨；国家之恩，辉如日月。大家一路走到这里，与自己的努力、刻苦密不可分，但也离不开父母、老师和国家的支持和帮助。因此，愿大家无论是仰望星空，还是低头前行，都不忘心存感激，时刻铭记那些帮助自己成长的每一份力量，用成长和努力成为国之栋梁感恩国家、回报社会。

新的征程已经开始，非常高兴能与各位同学相聚于此。接下来，让我们一起携手同行，共铸川大的美好明天，为祖国的伟大复兴贡献力量！

（本文为作者在四川大学2023年开学典礼上的讲话）

肩负责任　迎接荣光

天津大学师友导师　邓楚涵

尊敬的各位领导、老师，亲爱的各位同学们，大家上午好！

我叫邓楚涵，是建工学院的一名教师，同时也担任了2023级本科生的师友导师。首先，我谨代表学校的全体师生员工，尤其是师友导师们，向各位新同学致以最热烈的欢迎，向呕心沥血培养你们的父母亲友致以最诚挚的祝贺！

师友导师的身份让我接触到了四位可爱的"05"后新人，从他们的身上我感受到了青春与活力，看到了未来与希望。回想10年前的今天，我背着行囊，来到天大求学，心中无比自豪，期待着在中国第一所现代大学，认真学习、努力进步，争取在将来能做一点"天大的事"。10年后的今天，我回到母校，成为一名人民教师，陪伴祖国的新一代成长，这就是我心中"天大的事"。

作为一名拥有新身份的老天大人，我想与各位新同学分享一些观点，希望我们一起进步。

第一，实事求是，做一颗自带传感器的螺丝钉。

"实事求是"是我们的校训，建筑工程是我的专业，因此在学生时代，老师们就时常教导我们，要学好专业知识，在时代的建筑工程上做一颗靠谱的螺丝钉。在10年的求学生涯里，这份教导不断鼓励着我，但这10年的科技巨变也让我意识到，光做一颗螺丝钉还不够，我们需要为自己装上传感器，学会观察当今世界面临的百年之变局，学会思考各行各业正在发生的悄然变化，学会融合自身所学与注定崛起的发展方向，在顺势而为的基础上坚持实事求是，做一颗自带传感器的螺丝钉。

第二，自我认知，抓紧找到并形成自己的优势。

兴趣固然是最好的老师，但你们不应该只考虑兴趣。我在剑桥的导师今年93岁了，他创造了剑桥黏土模型，推动了整个世界的土力学发展。他曾经对我说：年轻时因为"二战"，稀里糊涂选了不感兴趣的土木工程专业，但退休时不仅不后悔，反而很骄傲，因为他将人类知识的边界往外推动了一小步。当我们退休的时候，大概率也会去思考这一生的价值，请相信我，只有那些被你真正改变、影响和推动的事情，才是一生的骄傲所在。要实现这样的骄傲，你们不能只有兴趣，还要有自我认知、找到并形成自己的优势，兴趣加上优势，才可能推动世界。

第三，乘风破浪，敢于做一个被世界挑战的人。

未来是你们的，但现在还不是你们的，所以在你们的成长路上，世界大概率不会惯着你们，风吹雨打都是小事，真正可怕的是时代洪流里让你自我质疑的噪声。能有大成就的人往往异于常人，他们时常挑战着这个世界的既有边界，根据牛顿第三定律，无可避免地会受到来自世界的反作用力，但请你们一定要保持道路自信，乘风破浪，直往前行，须知"两岸猿声啼不住，轻舟已过万重山"。

同学们，习近平总书记曾鼓舞青年："青年怀壮志，立功正当时，此时不搏更待何时，责任担当，舍我其谁！"作为肩负民族复兴重任的时代新人，生逢其时，施展才干的舞台无比广阔，实现梦想的前景无比光明。祝愿你们在天大沉淀、成长，去挑起这份责任，去接受这份荣光。

谢谢大家！

（本文为作者在天津大学2023年开学典礼上的讲话）

崇尚思考　践行真知　绽放光芒

吉林大学教师　杨博

尊敬的老师们，亲爱的同学们：

大家好！

我是计算机科学与技术学院和软件学院的教师杨博，非常荣幸能够作为教师代表在开学典礼上发言。首先请允许我代表吉林大学的全体教师，向2023级新同学表示热烈的欢迎！在充满活力和机遇的吉大校园，你们将结识很多志同道合的朋友，共同书写精彩的人生篇章。

30年前，我和你们一样，意气风发地走进吉大，成为一名大一新生，因此非常能体会你们此刻的激动心情。能够成为吉大学子，你们无疑是优秀的。但从今天开始，你们将开启全新的求学征程，面临更多的未知和更大的挑战。你们一定会经历很多挫折，有时还会感到迷茫。那么，在充满荆棘的求学路上，如何才能超越自我，成就自我呢？

儒家经典《礼记·中庸》将求学过程分为：博学之，审问之，慎思之，明辨之，笃行之。大意是说，做学问不光要博学好问，还要慎思笃行、知行合一，才能到达至诚的境界。作为一名从教23年的教师，借此机会，我想和大家分享一些有关思与行的感悟，希望对大家有所启发。

想象一下，有一名甲同学，非常聪明。研究课题的时候，他可以不厌其烦地阅读大量文献，提出一个又一个精巧的构想。然而，当谈及如何将这些想法转化为实际行动时，他却总是陷入"拖延症"的陷阱，找各种借口，让这些美好的想法化为泡影。

而另一位乙同学，非常勤奋，练就一手过硬的实验技能。然而，当你试图与他深入探讨某个问题的本质时，他可能会愣住。他习惯于把自己封闭在一个狭小的世界里，只关心手头的任务，不愿意思考更远大的目标和意义。

甲、乙两位同学都是我曾经教过的学生的缩影。每当新生进入我的实验室，我都会跟他们分享甲、乙两位同学的故事，告诫他们热爱思考至关重要，而将所思所想付诸行动同样不可或缺。

用时髦的计算机术语来说，思考就像是一扇通向元宇宙的大门，能够带领我们穿越时空，与思想家们对话。思考是人与机器的本质区别，是人驾驭机器的制胜法宝。正是因为思考，我们才能对复杂的现象有更清晰的认识，对未知的领域有更明确的把握。ChatGPT出来后，大家讨论最热烈的话题就是哪些职业会被它替代，还给出了一个前十排行榜，其中有程序员、媒体工作者、法律工作者、市场分析师、教师、会计师、平面设计师等，涉及在座很多同学的专业。我在给学生们做报告时还打趣道："在这个榜单中，程序员排第一，教师排第五，而我是培养程序员的老师，未来最有可能失业呀！"其实，无论从事哪个行业，只有爱思考、善思考的人才不用担心被ChatGPT等AI技术所取代，而成为失业者。所以，同学们，要让思考成为一种习惯，时刻陪伴和保护着自己。

随着生活和工作节奏的不断加快，我们的思考往往是碎片化的。因此，还需要一个勤笔头，把所思所想随时记录下来，汇流成川。随着时间的推移，更加系统的想法就会慢慢浮出水面。澳大利亚人工智能理事会主席张成奇教授是吉大计算机科学校友。他虽是有名的AI专家，却对速算有着极为浓厚的兴趣。他最近出版的《魔数乘法》一书被称为速算界的一件幸事，反响很大。他告诉我，这本书历经40年完成。其间，他经常将灵光一闪的idea记录下来，一有空闲时间就去整理，渐渐将零散的思绪连成片、结成群，形成一套严密的新方法。

然而，仅有思考还不足以让人生更加丰富多彩。付诸行动，才是将思考转化为现实的关键。没有人可以在行动之前就有一个完美的方案，只有不断行动，才能距离目标越来越近。这个过程可能会充满坎坷。但正是这些挑战，让我们积累经验，不断成长，直至成功。讲到这里，我不禁想起计算机领域中一位备受尊敬的学者杰弗里·辛顿。他发明的深度学习概念和算法，使神经网络成为AI的主流，被广泛应用于大数据、无人驾驶、AlphaGo、ChatGPT等高科技领域和产品中，并因此获得了计算机领域的诺贝尔奖——图灵奖。但人们很少知道，为此他付出了数十年的努力，经历了20多年的门庭冷落，最终带领弟子练成了绝世武功，把一个小门派发展成"名门大派"，被人们称为"黑暗中举着火炬的人"。他70多岁时还在亲自编写程序、验证想法，并以唯一作者发表论文。当问及如何做出这么多有价值的工作时，他谦虚地说，"我比其他人多的可能只是抱着试试看的好奇心，有想法就去做，并且坚持了下来"。杰弗里·辛顿的经历告诉我们，不仅要善于思考，还要坚持行动，才能将转瞬即逝的灵感火花变成现实，照亮世界。

每一位优秀的科学家、工程师、创业者等，都是兼具思考能力和行动能力的人。吉林大学在70余年的人才培养中，形成了"厚基础、重实践、严要求"的教学传统，为你们提供了丰富的学术资源和实践机会，希望大家充分利用，在收获理论知识的同时锤炼实践技能，成为既有学术深度又有动手能力的卓越人才，不仅能在学术领域中独树一帜，还能在实践中创造价值。

正所谓：思考者，如春日清晨，微风拂面，花开如画；实践者，如秋日午后，勤劳不怠，硕果累累；思考与实践，如画家之笔墨，一言一行，纵情描绘，留下传世珍品。

以上与同学们共勉，谢谢大家！

（本文为作者在吉林大学2023年开学典礼上的讲话）

校友篇

重于实践　坚守初心

清华大学五道口金融学院校友
国务院发展研究中心金融研究所副所长、研究员　陈道富

尊敬的各位老师、各位同学：

下午好！

非常荣幸作为校友代表发言。我叫陈道富，是1999级硕士和2007级博士，在五道口度过了我人生中最重要的两段学习经历，也是唯一同时住过东升乡医院、舰船研究院和新校舍的一届学生。

回到母校，感触良多，洋溢着感恩之情和游子归家之情。回想起五道口的生活和学习，充满了豪迈和温馨。想起在昏暗的路灯中穿越重重危房，吃着货真价实的大盘菜。清华被我们当作后花园，锻炼洗澡就靠它。五道口没有专职老师，但在这里可以听到全国乃至世界上最好的老师讲课，我们还时不时抢占清华课堂的前排，让他们只能在后排站着。最期待的是监管和业务一线的师兄师姐的讲座，内容既有最前沿的实践，又有家人般的肺腑之言。那些年，同学们始终践行着"斯是陋室，惟吾德馨"的训导。

今天，面对新一届的五道口人，又一批优秀的幸运儿，总需要假装一下作为师兄的谆谆教诲。其实各位能考上五道口金融学院，都足够优秀，

是不需要我们再唠叨的。

借此机会，跟大家分享两个感悟。

一是重于领会实践中的真技能和真知识。

每个金融院校都会教给学生经济金融基础知识，但很少有学校能带领学生走进中国的金融实践，能参与并影响中国金融改革的方向、路径和实践的，更是凤毛麟角。五道口金融学院就是能提供这种机会的院校。我有幸与1981级大师兄和大师姐们有较多的交流。他们在校期间就认真思考中国金融改革，他们中好几位最终都成为中国金融改革的重要领导者和参与者，并将他们的思考转化为实践。历史给予了他们难得的机遇，他们也不负历史之厚望，在中国金融改革浪潮中留下了浓墨重彩的一笔。事实上，每一级的五道口毕业生都会积极投身于中国的金融改革与实践，以自己的真知灼见和辛勤努力推动中国金融的开拓性发展。因此，五道口的学生，绝不能满足于学会西方的金融知识和金融技术，而是要求本溯源，学以致用。

为此，五道口的学生至少要学会如何从纷繁复杂的现实中抽象出金融概念，以合适的金融技术寻找适用的金融理论。有志于推动中国金融特色发展和改革的学生，还需要突破现有的金融理论，回归金融本源，从中国的实际出发重新抽象金融概念，运用金融的理念、方法和逻辑，重新发现中国的金融理论。中国金融特色，既是过去与我国文化、政治、经济相融合的金融行为的结果，更是重新发现中国金融概念和逻辑的创造过程。这是时代的要求，也是五道口人传承下来的使命。

二是保留一份情怀和初心，坚守道口精神。

金融的主要工作，就是凝聚并运用人类的普遍信任，这需要专业技能，但更需要勤勉诚信，遵循信义责任。钱少无权时能不为钱和权所困，钱多了权大了还能不为钱和权所累，做到"不忘初心、方得始终"。更重要的是，只有守住了"初心"，才能找到自我的中心，才可以参与并共塑我们的时代，否则只会迷失自我，成为工具，为这个时代所利用。回首我自己20多年的道口人生涯，发现最需要和最难坚守的就是"激情澎湃、低调务实，和而不同"的道口精神，让不再单纯的自己，保留一点难得的率真。道口精神有热度、有静气、有格局，可以给我们的雄心与能力配上人性的修养，有助于我们持续绽放。

五道口培育了我们，我们从这里走进时代。我受学长们的感召，义无反顾地投入金融改革大潮中。我也愿意接续这个传承，与各位学弟学妹们一起继续投身金融改革发展的浪潮，共同成长。

谢谢大家！

（本文为作者在清华大学五道口金融学院2023年开学典礼上的讲话）

在不确定中摸索　在坚定中螺旋上升

北京大学物理学院校友　上海交通大学特聘教授　中科院院士　贾金锋

各位老师、同学：

大家下午好！我是贾金锋，很高兴能够回到母校与大家交流。看到台下就座的老师、同学，我倍感亲切，也很激动。首先要祝贺同学们通过自己的不懈努力，顺利进入北大读书，成为一名北大物理人。恰巧就是在40年前，我与在座的各位同学一样，拿到北大物理系的录取通知书，来到燕园开启了自己的求学之路。

从1983年本科入学，到1992年完成博士学业，我在北大度过了难忘的时光，很多学习和生活的场景至今仍历历在目。我想同学们来到这里，能深切感受到北大严谨求实的学风、自由探索的精神以及北大人锐意进取的气魄。更重要的是，你也许能在这里遇到改变你一生的师长和同学，遇到志同道合的伙伴，这些都将成为你成长路上最宝贵的财富。

离开北大后，我也一直在从事科学研究工作。对于我而言，科学研究就像雾里登山，在不确定中摸索，在坚定中螺旋上升。今天我就以一位学长、一个"过来人"的身份，与大家分享一些自己的经验体会，希望能给大家带来一些启发。

一是处理好兴趣和毅力的关系。

兴趣是"我们为什么出发",而毅力是"为什么我们能到达"。物理学既是一门有用、有趣的学科,更是一门充满挑战的学科,能够持续地带给我们新的刺激,驱动我们去研究、去探索。诺贝尔奖获得者卢瑟福曾幽默地说过,一切科学要么是物理学,要么是集邮术。所以你们选择物理学是非常正确的!拿凝聚态物理来说,这个领域吸引了2/3的物理人,我自己也一直保持着对这个领域的浓厚兴趣。同学们可能了解,1937年意大利物理学家马约拉纳预言,存在一种奇异的粒子,这种粒子与它的反粒子完全相同。这一正反粒子同体的特殊属性使得它的状态非常稳定,也或将成为实现量子计算机制造的关键。学界将这种粒子命名为"马约拉纳费米子"。找到马约拉纳费米子已属不易,要实现对它的操控更是难度极大。10余年来,我和我的团队都在从事拓扑超导量子计算领域的研究,过程中我们也遇到了很多挫折,经历了无数次的实验。2016年,我们终于成功捕捉到这个神秘的粒子,也是世界上首次确切探测到马约拉纳费米子的存在。实现研究突破的背后是长久的坚持,越是有挑战的事业,越能带来成长。对于科研工作来说,喜爱和坚持是最重要的。你们不必去追热点,而是要找到自己的兴趣点。有了兴趣只是第一步,更要沉得下心、沉得住气,勇于坚持,有啃硬骨头、坐冷板凳的勇气和毅力。

二是扩大自己的视野,学会在团队中成长。

从大的背景看,当前世界已经进入大科学时代,基础研究组织化程度越来越高,更加需要团队作战。对于物理学这样的基础学科,每一个研究成果的背后往往凝结着整个科研团队的心血。我在上海交通大学筹建团队时经历了从无到有的过程,一开始我所研究的拓扑量子领域几乎是一片空白。在这样的情况下,正是由于团队中每一个人的辛勤付出、不计得失,我们才能够实现一次次突破。团队不只是简单地共同工作,更是能在工作和生活中互为支撑、互相鼓励。大家要善于培养自己的团队精神、合作精神，去融入不同的团队，包容不同的想法和声音，同时也勇于去表达自己、不怕露怯。在北大，大家可能会遇到很多比自己更聪明、更有天赋的人，而往往越是聪明的人越懂得去扩大自己的视野，拓展自己的兴趣范围，了解不同的学科、知识。不论是本科还是研究生阶段，我都鼓励大家试着多走出自己的小圈子，多去提问、交流、互动，学会理解和尊重身边的人。

三是葆有弘扬学科传统、传承科学家精神的使命感。

大家现在上学和科研的条件比我上学时好得太多了，你们是幸运的，但同样也受到了更多的关注，承载了更多的期盼。今年是北大物理学科建立110周年，在这样一个重要的历史节点入学，同学们更应感受到肩上沉甸甸的责任。从京师大学堂设立"格致科"，到建立我国最早的物理学本科专业，北大物理人对真理和科学的追求从未停步。你们不仅是站在巨人的肩膀上，更是站在一座座高峰上去展望科技发展的未来。同学们来到这里，不只是要学知识、长见识，作为青年人更要有培养科学素养的自觉、践行学科使命的责任。你们是传承科学家精神的主力。推动基础学科研究创新、引领科技发展和社会进步的重任，终将会落在新一代青年人的肩上，也就是在座的各位。大家要居高远眺，涵养大视野、大情怀，不断登攀科学高峰；更要不畏浮云，遇到困难挫折时、失意沮丧时，从北大物理老一辈科学家求真报国的精神中汲取奋进的力量。通过一代又一代的接力和传承，北大物理的光荣才能不断延续、新的辉煌才能不断书写。

同学们，新的人生道路已经开启，一切的期待、憧憬、踌躇与迷茫在此刻都将成为成长的养料，伴随你们度过人生最重要的一段时光。愿你们在北大物理学院找到自己的兴趣所在、找到一同前行的伙伴，更能够找到适合自己的节奏与道路。路虽迩，不行不至。行而不辍，前路可期。希望同学们都能在这里收获青春最美的风景。

借此机会，向北大物理学科建立110周年表达衷心祝贺，也祝愿各位老师身体健康、工作愉快，祝同学们学业顺利、学有所成！谢谢大家！

（本文为作者在北京大学物理学院2023年开学典礼上的讲话）

> 最美开学致辞

胸怀国之大者　奋进美好未来

上海交通大学校友　中国航天科技集团第八研究院卫星总设计师、航天八院科技委副主任　陈占胜

尊敬的各位领导、各位老师，亲爱的同学们：

大家上午好！

非常荣幸能在这个秋高气爽、丹桂飘香的美好时节，与来自五湖四海的同学们共同庆祝开学典礼。我是中国航天科技集团公司上海航天技术研究院的陈占胜，是88级的校友，目前担任卫星总设计师职务。

首先我代表所有校友向考入上海交通大学、成为新交大人的同学们表示热烈的祝贺和诚挚的问候！

回想35年前的今天，刚走进交大校门的我，既怀着对学校新生活的好奇和兴奋，也怀着对自己未来之路的困惑，但心里始终有一个坚定的信念，那就是：不论做什么，都要努力成为一个对国家对社会有用的人！作为学生的首要任务，就是努力学习，掌握更多的知识。

经过近7年的学习生涯，1995年我入职上海卫星工程研究所。当时，世界航天进入低谷期，频频发射失利，人才流失严重。入所后，我立即投入到紧张的技术攻关工作中。次年，被集团公司派往法国宇航卫星中心工作，全面参与中法卫星合作项目。那段时间，我不仅深入学习了欧洲先进

的制造技术，同时也将我的知识面扩展到了卫星工程的各个方面。

回国后，我全面投身到我国新一代卫星的研发中。2000年，完成了实践六号卫星关键技术攻关，获立项批复，成为当时中国航天最年轻的副总设计师。

我始终坚信：国家的需要就是我们奋斗的意义。20多年来，虽然面临过很多的困难和挑战，也经历过很多的挫折，但我始终带领团队，勇于创新，敢于啃硬骨头，取得了至今为止发射卫星全胜的成绩，并将技术领域扩展到百亿工程。

习近平总书记指出，"强国建设、民族复兴的接力棒，历史地落在我们这一代人身上"。我想这一代人包括我，包括所有为党和国家事业耕耘奋斗的人，最重要的是，也包括在座的你们。一代人有一代人的长征路，一代人有一代人的使命担当。如红日初升的你们恰逢大有可为的壮阔时代，也是你们大有作为，成长为一个有信念、有梦想、有责任、有担当的青年的好时代。作为你们的校友，我想跟大家交流三点想法。

一是要有大格局，襟怀家国向未来。

习近平总书记指出，"爱国是人世间最深层、最持久的情感，是一个人立德之源、立功之本"。交大诞生于国家和民族危难之际，发展壮大于国家和民族振兴之时，作为交大学子，不仅要读万卷书、行万里路，更要以全球视野看待机遇和挑战，主动思考并积极回应世界之题、时代之问，以家国情怀和使命担当走好新时代的长征路。希望你们以中华民族伟大复兴为己任，让爱国初心成为今后学习攻关的不竭动力。

二是要有大智慧，厚积薄发向远方。

如何在有限的时间内拓宽知识面、探索未知领域是每个人都需要思考的问题。博采众长，使其为我所用，是我的答案。在校期间，除专业课外我还自学了其他不同专业的课程，沉淀、积累的过程，也是我能力提升的见证。多年来，多学科高难度的型号任务，使我得到了极大的历练，过硬的本领加上工作的积淀，让我一路走来穿过道道难关，跨越沟沟坎坎。愿你们也能抓住一切机会拓展自己的能力边界，用好每次机遇丰富自己的学识宝库，成就济世之才能，把握未来之发展。

三是要有大视野，砥砺团结向高峰。

科学精神强调的是批判性质疑、大胆的猜想以及理性思维下的无止境探索。时代各有不同，青春一脉相承，希望你们珍惜在交大的学习机会，敢于质疑，善于创新，向广处涉猎，向深处钻研，更要珍惜收获的每一份同窗情谊，在携手共进的道路上相互支持、同舟共济，谱写激昂的青春乐章，书写绚丽的时代华章！

"让他去往高空和远方！否则他如何变成星辰向我闪光？"我想用尼采这两句诗，祝愿你们的眼界和理想去往高空和远方，成为闪烁的群星辉映我们，也希望你们心怀"国之大者"，只争朝夕，不负韶华，乘风破浪，勇攀高峰，最后祝大家在交大度过一段快乐、充实、不平凡的学习时光。

谢谢大家。

（本文为作者在上海交通大学 2023 年开学典礼上的讲话）

以无用之灵魂，求有趣之生涯

复旦大学经济学院校友　阿里巴巴集团战略规划总裁　陈龙

尊敬的老师们、年轻的学子们，大家下午好！

非常荣幸有机会回到相辉堂，我上一次在这里应该是毕业的时候，转眼已经过了很多年。这次作为校友代表来发言，我觉得荣幸又烦恼。荣幸，是因为学校可能觉得我没有辜负当年的教育；烦恼，则是因为，一般作为校友在开学典礼发言的人，已经经历了很多的年轮，这不禁让我感慨岁月的流逝。

也因为这个机会，让我想了一下自己生命的轨迹。所以今天，我想在这个方面跟大家做一点点的分享。

很久以前我喜欢的一本书叫《历史研究》，作者是阿诺德·汤因比。其中很多重要的观点我都快忘了，但有一个让我记得很深，他说，如果你知道在过去一千多年中，任何一个人生活在哪个地区、哪个时代，你基本上可以猜得出他大部分的行为特征。

这句话如果用一种很通俗的语言来讲，其实就是我们每个人走过了多少的山多少的水，你的生命轨迹会造就你。无论是国家还是个人，其发展都是有路径依赖的。

我想跟大家分享的第一个观点是：我们应该做一个懂得自己生命轨迹

的动物。

我先讲下我自己的生命轨迹。我是在云南昆明长大的,那是一个山灵水秀但是相对被大山隔住远方的地方,那时候的我,有点像复旦民间校训所说的"自由而无用",不知道自己能干什么。

后来我到了复旦,那时候不像现在,没有这么多卓越的老师。但是,复旦改变了我的生命轨迹,因为它为我打开了世界的大门,让我知道了很多可能性,那是我在故乡得不到的。后来我去了美国,在北美待了17年,这段轨迹,把我变成了一个以思辨为生的学者。

再后来,我回到中国,在一个最好的商学院做教授。那段时间,我接触了大量非常出色的大大小小的企业家,这让我产生了一个非常大的愿望,就是希望分享自己的经济学和商业知识,让所学有落地的价值。这个愿望是如此之大,它给了我足够的勇气离开学校,使我在2014年去蚂蚁金服做首席战略官。

对于一个没有很多企业实践经验的人来说,尝试指导帮助一个企业做未来战略是一个很大的挑战。那段经历,以及在后面的很多年,我深刻感受到一个事实,就是这个世界上大部分会思考的人基本上都不太接地气,而大部分做实际工作的人,基本上都不太会思考。这一句话很短,却是一条横亘在世界上人们之间的最大的鸿沟之一。所以在后面很多年,我都努力尝试弥补这条鸿沟,包括在2018年我创立罗汉堂,它是一个尝试把理论和实践结合、打破学校边界的社会科学社区,我甚至还请到了7位获诺贝尔奖的经济学家加入。

纵观今天的自己,我觉得自己既不是学者,也不是典型的商业实践者。从某种角度看,我觉得自己走在无人的旷野,并且,我也想一直这样走下去。回头看,是过去的生命轨迹造就了现在的我。

顺便说一句，在座的同学们都非常年轻，往后走，你们会发现，在20多岁时，我们的朋友是最多的，后来越来越少。为什么会这样？这是因为每个人都是自身生命轨迹的产物，而我们的生命轨迹会越来越不一样。之后你会发现跟你轨迹同频的人越来越少。同龄的人，有的思维已经进化了10倍，有的进化了5倍、3倍，这样你们就生活在不同的空间维度里。所以如果你回到故乡，你只能跟儿时的玩伴讲小时候的故事，因为你们长大后的经历完全不同，无法共鸣。

我刚到复旦时也很年轻，还是一个外地来的学生。我花了很多时间调整自己的心情，不太知道如何安顿自己的心，也不知道自己该做什么，但这是每个人成长过程的必经之路。所以我特别想跟大家分享的是，你后面的经历和认知，会改变你的生命轨迹。懂得如何去选择自己的轨迹，就变得非常重要。少一点惶惑，多一点勇气，去探索认知的边界，打开你的世界，可能对你的未来非常重要。

接着这个话题讲，我们不但要做一个懂得自己生命轨迹的动物，更应该做一个超越自己生命轨迹的动物。

英国的哲学家约翰·洛克说过，人生下来就像一张白纸，是后天的经验在这张白纸上描绘了美丽的色彩。这是经验主义的逻辑。经验主义给我们最大的启发就是，我们可以选择在自己的画布上画什么东西，可以通过主动选择自己的教育和经历来改变自己生命的轨迹。

从这个角度来说，我们可以从技术经济学得到一些启发。布莱恩·阿瑟是我在罗汉堂聘请的一位学术委员，他是复杂经济学的创始人，写过一本非常棒的书，叫《技术的本质》，推荐大家都去读。我们现在经常讲科技和AI，但技术定义上很简单，就是通过要素的有效聚合来达到目标。

按照这样的定义，我们每个人都是一个技术，而所有的技术都有一个最重要的特点，就是路径依赖，即原来聚合的要素，包括你的能力以及见识，它们决定了你能走多远。

所以在技术领域，以及我们做企业的时候，有个词叫第二曲线，即跳出原来的路径，重新走一条路，这也是我们要学习的：如何跳出自己生命的轨迹。

这样，懂得自己原来要素的聚合、轨迹和传承，能够知道从哪里来往哪里去就变得非常重要。这里我举一个曾获诺贝尔奖的经济学家让·梯若尔的例子，他也是我的一个好朋友，罗汉堂愿景宣言的第一稿就是他帮我写的。

2018年我去法国拜访梯若尔，我都忘了聊过什么，但是在他办公室的门口，我看到一张图，顿时惊呆了。这张图是梯若尔的学术族谱，其中的一个小框就是他自己，往上看，他的老师是哈佛大学的埃里克·马斯金，也是一个诺贝尔经济学奖得主，他今年6月份还来杭州参加罗汉堂的年会。

而马斯金的老师肯尼斯·阿罗，也是一个诺贝尔奖得主；阿罗的老师霍特林没有得过诺贝尔奖，但写过六七篇惊天动地的经济学文章。今天同学们学微观经济学，还会学到霍特林的模型，告诉我们企业如果开店，如何选择互相之间的距离。霍特林的老师凡勃伦，是鼎鼎大名的炫耀性消费经济学的鼻祖。所以这一族上下五个人，在经济学思想史上都非常厉害。顺着族谱继续往上走，你会发现到17世纪有一个鼻祖叫莱布尼茨，除影响了经济学的徒子徒孙们，他还在另外一条分叉上影响了一个重要的哲学家叫康德。在这个枝枝杈杈的谱系中，你会发现其他很多熟悉的名字，比如牛顿、伊拉斯谟和哥白尼。

他把这样一个族谱挂在自己办公室门口的墙上，是为了向思想的祖先致敬。这张图上的每个人，都在思想上摆脱了自己的轨迹。梯若尔把自己思想的来龙去脉理得那么清楚，我当时震惊了，梯若尔知道自己的生命轨迹，而且还知道如何突破。这是第二个我想和大家分享的观点，你们还很年轻，还在成长，应该学习如何做一个突破自己轨迹的动物。

第三个我想说的，和我们复旦的精神非常相关，是我们怎么去突破。

我觉得突破自我的一个非常重要的武器，就是"自由而无用"的灵魂。复旦人很喜欢讲"自由而无用"，这句话最早出自哪里我不知道，我能够找到的最早出处是亚里士多德。他认为，学术的两个重要特征，一是出自"惊异"，纯粹为着"求知"；二是以"闲暇"（即自由）为条件。他在《形而上学》中这样说：不论现在，还是最初，人都是由于好奇而开始哲学思考，开始是对身边所不懂的东西感到惊异，继而逐步前进，而对更重大的事情产生疑问……一个感到疑难和好奇的人，便觉得自己无知……如若人们为了摆脱无知而进行哲学思考，那么，很显然他们是为了知而追求知识，而并不以某种实用为目的。

所以真正要有原创的思想，第一要有闲暇也就是自由，第二你不能太实际，你要有好奇心。因为有了自由和好奇心，就能驱使你去寻找事情的真相。亚里士多德是我查得到的最早讲自由与无用精神的人，他其实是哲学家里面相对实际的人，而他同时也是一个非常自由而无用的人。

这样的人很多。拉斐尔有一幅名画叫《雅典学院》，里面有很多我们熟悉的名字。最上面有两个人，一个叫柏拉图，指着天；另一个叫亚里士多德，指着地。一个关注天空，一个注重实际，但即便注重实际的人，也是自由与无用的。

底下掰着手指和一群人讨论问题的人，是苏格拉底，有一个在方桌前斜坐着的沉思者叫赫拉克利特，在阶梯下平台左侧人群里的中心人物是毕达哥拉斯，依着柱基的人叫伊壁鸠鲁，在阶梯下平台右侧人群里的中心人物是欧几里得。所有这些人，都符合亚里士多德讲的自由与无用的意义，但他们奠定了人类现代文明的大部分基础。

这跟我刚才讲的生命轨迹有什么关系呢？我想，我们现在讲的所谓有用，其实都是基于现有惯性的有用。你如果想突破惯性，就需要调动好奇心，用你自由的灵魂想象当时无用的可能性，而今天的无用，可能就是明天的有用。

所以，自由与无用，是我们复旦人特别信奉的理念，有深刻的哲理和意义。

我常常琢磨一件事情：我希望有一天，我可以请人给我画张画，类似《雅典学院》，画的内容是经济学的学院，经济学的 Academy。Academy 于我，是一个神圣的名字。

用茨威格的话来描述经济学思想史，叫人类的群星闪耀。但如果只挑几个人，我第一个会挑亚当·斯密，他不但是经济学的鼻祖，而且还是一个伟大的哲学家，从他开始，提出了人性可以是自私的，可以追求自己的私利，但是因为市场机制的调节作用，又要达到社会的公利。这是一个非常根本的、划时代的哲学思想，也奠定了现代人类治理体系的基础。这个道理说起来简单，但直到今天，还有很多人不明白，不知道市场的活力来自什么地方，所以亚当·斯密肯定是这个学院的第一个人。

我愿意放在画里的第二个人，是哈耶克。曾经有一段时间，有人开始相信随着信息越来越可得，计划就是最好的机制。而哈耶克恰恰从信息效率的视角出发，解释了为什么市场经济如此重要。简而言之，因为没有一个人能具备所有的信息，而且是随时随地变动的信息，这些信息中还包含了每个人的动机；市场机制把所有的信息放到一起，从而形成最佳的决策，所以市场其实是最优的信息处理机制，是最强大的智慧体。

我想得到的第三个人是凯恩斯。他看到了市场机制的外部性，也就是做不到的地方，需要更积极的政策去弥补。所以，超越市场的宏观政策的逻辑，从凯恩斯开始。

还有一个非常重要的经济学家是熊彼特，他提出创新性毁灭的理念，尤其强调企业家的精神。在他的眼中，所谓经济的发展，并非在原有基础上的稳定发展，而是用新的东西替代旧的东西。在这个过程中，企业家发挥了无可替代的作用。所以企业和企业家，是现代社会进化的核心载体。

最后我想举的一个人叫德鲁克，他是个管理学家，也是很好的社会科学家和思想家。我现在经常喜欢演讲的题目，叫"寻找正在发生的未来"。德鲁克讲过，一个CEO最重要的任务，是寻找正在发生的未来。这句话对于当下的中国，对于很多非常迷茫的企业家，是非常贴切的。

经济学是经世致用的，但这些经济学思想源于自由而无用的灵魂。柏拉图曾经讲过一个故事，故事中的哲学家是泰勒斯，他是一个喜欢仰望星空的人，因为喜欢望天，后来摔到了井里，他被自己的女仆捞起来，女仆嘲笑这个人太不接地气了，完全看不到脚下的东西。柏拉图想强调的是，即便如此，我们仍需要有人具备无用的精神，仰望星空。

这次回到复旦，我也暗自感慨。我在复旦度过了4年非常美好的时光。这里有好多年轻的辅导员，他们人气很高，大家都为他们鼓掌，我刚才也看到了我的辅导员吉国祥老师，他当时还是壮年，现在头发已经花白。我不会忘记在复旦读书的感觉：充满了江南气息、细雨绵绵的校园，很多书卷气的女同学走在下自习的路上，经常挑灯下四国大战、互相偷吃东西的宿舍男同学……很多美妙的记忆。

想起在大学快毕业时，那时候我找不到特别好的工作，却真心喜欢读无用的书。我成绩不算出众，因为同学中学霸太多。但我到四年级时，好像醒过来了，读了很多看似不太实际的书，比如说《战争与和平》和《论语》。当读到很愉悦的地方，我会产生一种幻觉，像泰勒斯一样，觉得大地寂静，头顶星光灿烂，天地间只有自己抱着一本书。

前段时间还有个朋友问我，我怎么保持自己的活力。我想了下，我热爱生活，喜欢健身，但这些其实和别人比也没有什么不同，如果有一点不同，我觉得我心中活着很多大师，我想把这句话赠给大家。

最后，希望大家在复旦"以无用的灵魂，追寻有趣的生涯"。

谢谢！

（本文为作者在复旦大学 2023 年开学典礼上的讲话）

脚踏实地　不负韶华　不负时代

四川大学校友　贵州东方世纪科技股份有限公司创始人　李胜

尊敬的甘霖书记、劲松校长、各位老师，亲爱的同学们：

大家好！我是85级水利工程系的李胜。首先，非常感谢母校的培养和厚爱。今天，很高兴能有机会回到第二故乡，来到充满生机活力的校园，与年轻朋友们一起分享交流。

作为一名老川大人，我要热烈祝贺大家！通过不懈的努力，你们在激烈的竞争中脱颖而出，进入了百年川大这座巍巍学府，成为一名川大人。

我仍清晰地记得，38年前的今天，经过近40小时的长途跋涉，我从贵州兴义来到成都。抵达校园时，华灯初上，一身风尘，学校食堂一碗热腾腾的刀削面瞬间温暖了我的身心。四年里，麻辣美味强壮了我的体魄，"海纳百川，有容乃大"的精神塑造了我的灵魂，"严谨、勤奋、求是、创新"则成为我的座右铭。

学到知识，学会思考，意识到责任，这是我在川大的三大收获，特别是责任意识，直接影响了我的一生。大家知道，洪涝灾害是全球第二大自然灾害，我们国家近30年来，洪水夺走了6万条生命，造成4.8万亿元的经济损失。有效预警洪灾风险，保护人民群众生命财产安全，是洪水预报的意义所在。毕业后，我选择了从事防灾减灾这一领域，这一干就是34

年。从早期用PC1500机，逐字逐句敲编程代码，到结合地理信息系统进行可视化开发；从在野外埋设传感器到利用卫星获取数据；从单机应用到大数据、云服务、人工智能，一步步追踪最前沿的信息技术，不断推进与水利行业的深度融合。2013年起，我带领团队聚焦大数据洪水预报领域，研发出全球首款通用的洪水预报大数据平台——"东方祥云"，可在2分20秒内将全国53万条山洪小流域的72小时洪水预报出来，是全球最快的洪水预报系统。2015年6月17日，我有幸向习近平总书记汇报了"东方祥云"，总书记听完汇报后指出"贵州发展大数据确实有道理"，勉励我们"面对信息化潮流，只有积极抢占制高点，才能赢得发展先机，实现跨越式发展"。目前，以"东方祥云"技术为基础开发的"全国防汛抗旱态势分析系统"，已经在国家应急管理部和31个省级、301个市级、1803个县级政府部门使用，为全国57000座水库提供服务。

我们研究开发的洪水预报技术为全国防汛抗旱工作"智慧决策"提供了支撑。其间，我自己也得到成长，2002年，我加入了中国共产党；2021年7月，在建党100周年之际，荣获"全国优秀共产党员"称号；2022年10月，作为科技领域代表，出席了中国共产党第二十次全国代表大会这一历史盛会。

回顾30多年的工作历程，虽然一路艰辛，困难重重，但充实而有意义。通过我们的预警能够大幅度减少伤亡、降低损失，我感到无比欣慰。防汛抗旱事关人民安危和发展大局，能够为这样的事业而奋斗，是我的荣幸。持匠心之钥、启强国之门、守四方平安，是我的追求。我为30多年前的选择自豪，如果重新开始，我依然会做出同样的选择。

择一事，终一生！一代又一代的川大人，将青春奉献于事业，利国利民，风雨无阻。他们中，有朱德元帅、巴金老师、江竹筠（江姐）烈士；

有潜心研究纳米材料的赵宇亮院士、有为国铸剑构盾的赵晓虎所长、有打造阿里巴巴平台的叶军总裁、有开创互联网医疗事业的王仕锐董事长。这是他们的选择，也是他们的坚守。和他们一样，无数的川大人在各自的领域持之以恒、努力拼搏、硕果累累，成为推动国家发展和社会进步的栋梁之材。

亲爱的同学们，此刻，你们即将启程，去追逐人生的光荣与梦想。当今之世界，正面临百年未有的大变局；当今之中国，正以前所未有的生机和活力，走向伟大复兴；当今之社会，科技进步日新月异，以人工智能为代表的新一代信息技术正在重塑各个行业，重构整个社会。

希望同学们能从国家、人民和社会的需要出发，选择好人生的方向。将个人的理想融入国家发展大计、融入时代潮流、融入中华民族伟大复兴的征程，你们的人生将会更加精彩；希望同学们能秉承"严谨、勤奋、求是、创新"的校风，既脚踏实地，又仰望星空，以工匠精神，攀科学高峰。不负韶华、不负时代、不负川大人的责任担当。

最后，衷心祝愿同学们在四川大学的学习生活一帆风顺。谢谢大家。

（本文为作者在四川大学2023年开学典礼上的讲话）

青春孕育无限希望　青年创新美好明天

北京航空航天大学院友　航天科工集团四院十七所副所长　石晓荣

尊敬的赵书记、王校长，各位来宾、各位老师，亲爱的同学们：

大家上午好！

我是94级自动化学院学生石晓荣，在北航度过了10年青春岁月，2004年博士毕业后投身到航天事业中，现任航天科工四院十七所副所长。

非常荣幸能参加今天的开学典礼。今天我特意穿了我们班毕业25周年时所穿的T恤，上面印有"青春永不散场"的logo。这是今年8月份我们班同学携家人相聚古都西安，共叙青春的纪念！现在每5年一大聚已经成为老同学们共同期待的节目！

首先，祝贺同学们来到北航求学！北航的校园生活丰富多彩，在这里走过的路、遇到的人，很大程度上决定了我们以后的人生。在这里，你会遇到一生的挚友，也可能会遇到以后的亲人，所以大家一定要倍加珍惜！

2004年博士毕业后，我一直在十七所工作，有幸参与了多个项目的攻关和研制，取得了一些成绩。借此机会和大家分享一些成长感悟，希望对大家有所帮助。

一是志存高远，做人生规划的践行者。

29年前，和现在的你们一样，我怀着对浩瀚宇宙的无限向往来到了北航。在北航求真务实、积极向上的学习氛围中，我学到了大量的专业知识。大三开始，有幸在文传源先生的团队攻读本硕博学位，在校期间参与了大量航空、航天领域的课题研究，随着研究的深入，逐渐清晰了自己的人生理想，明确了投身航天事业的人生志向。

也正是有了明确的航天报国志向，我开始更有针对性地学习专业知识，将所学与实践内容紧密衔接。入所以后，秉持"勤奋好学、勇于创新"的作风，工作起来得心应手。在领导和同事的信任与支持下，工作3年后担任了项目负责人。在型号研制遇到困难的关键时刻，有孕在身的自己赶赴现场、熬夜排故、带领团队精准分析，助力试验成功，这一切都源于强烈的使命感和坚定的理想信念！

北航有丰富的教学和科研资源，同学们一定要结合自己的兴趣和特点，多接触、多尝试，早日找到自己的研究方向和人生目标。新时代中国青年应勇于把激昂的青春梦融入伟大的中国梦中。当一个人的理想与追求和国家需求交会对接时，个人的智慧、勇气、潜能和创造力就会被极大地激发。

希望同学们在北航的学习生活中积极探索、志存高远、早日找到自己的人生梦想，并为之奋斗！

二是脚踏实地，做勤奋求学的逐梦人。

能来到北航的同学都是同龄人中的佼佼者，在这里你会遇到和你同样优秀的同学，希望同学们在新的环境下"倒空自己"，踏踏实实学习、勇敢实践、勇攀高峰。

相信大家都看过载人航天、卫星发射等电视直播，对发射任务成功后的喜悦画面印象深刻！但是，告诉大家一个秘密：每次飞行试验前，试验队员们都是心情忐忑、心跳急剧加速的状态。我们经常把首飞比作高考，各种地面试验就像是模拟考试，飞行才是真正的考试，所以越到零日越紧张！学生考高分的秘诀大家都知道。我们航天人消除紧张的秘诀是"工作到位、无怨无悔！平时几分勤奋，关键时刻就几分从容"！航天是个系统工程，任何一个材料配方、元器件、螺丝钉、软件分支、参数设置等细节都会影响试验成败。那我们就不能放过任何一个细节，踏踏实实把工作做到位、把隐患扼杀在萌芽阶段。这不仅要求航天人有渊博的知识储备和丰富的实践经验，更要求大家有勤奋好学、刨根问底的精神。也正是有了扎实的工作，我们才迎来了一次又一次的成功！现在"天道酬勤"已经成为我个人和团队的座右铭。

大学的青春时光是人生中最美好的一段，希望同学们勤奋学习，练好基本功。增强"一物不知，深以为耻，便求知若渴"的探索精神，勤于学习、勤于实践、勤于探索，努力练就"独当一面、胜人一筹"的真本领、硬功夫，用奋斗成就人生！

三是知行合一，做持之以恒的实干家。

理论知识学习是学生时代的主要任务，但"纸上得来终觉浅，绝知此事要躬行"！北航毕业后，我参与到项目研制中，经过几年集智攻关，我们迎来了首次试验验证。当看到现场的试验曲线和我们预示的曲线几乎完全重合时，我激动地蹦了起来，兴奋之后，大家喜极而泣，相拥在一起！这是我人生第一次深刻体会到了理论和实践的完美统一，体会到了自己工作的价值和意义！这也给了我持续前进的巨大动力。

技术发展日新月异，只有不断学习新知识、开拓新视野，才能勇立潮头！我在十七所的老师王京武总师，60多岁高龄，依然奋战一线，带领我们20多岁的年轻人集智攻关。一遍又一遍地探讨核心技术途径、一次又一次地开展试验验证，不断优化设计，追求理论和实践的统一。在一次次摔打中我们快速成长，也养成了追求真理、不轻言放弃的硬朗作风。这些年，我接过了传承航天精神的接力棒，带领团队持续探究精确制导、人工智能等技术领域。我的徒弟，05级北航学子陈际玮，去年也喜获"中国青年五四奖章"荣誉。

亲爱的同学们，"青春孕育无限希望，青年创新美好明天"，你们即将创造属于自己的时代，也肩负着建设未来之中国的责任。未来属于你们，让我们共同期盼着，年轻的北航人心怀大志、勤奋努力、勇于创新，用新思想、新方法去探索一个个全新的科学领域，扛起实现高水平科技自立自强的使命；以水滴穿石的笃定实干、知行合一的务实巧干，把青春播撒在民族复兴的征程上！

最后，再次感谢母校的培养与信任，衷心地祝愿母校越办越好，为国家培养出更多优秀人才；也衷心祝愿各位来宾幸福安康、万事如意！

谢谢大家！

（本文为作者在北京航空航天大学2023年开学典礼上的讲话）

志存高远　坚韧勤奋

吉林大学校友　中山大学教授　中国科学院院士　戴永久

尊敬的姜治莹书记、张希校长，尊敬的母校老师们，2023级学弟、学妹们：

大家上午好！

非常感谢张希校长的邀请，让我有机会回到母校参加2023年新生开学典礼并代表校友发言。

此时此刻，我不禁回忆起40年前，也就是1983年的这个季节，我从老家湖南武冈一个美丽的小山村来到长春。当年我所在的那个山村，去过东北的人并不多，仿佛还是一些参加抗美援朝战役的老兵回来告诉我，到长春的路途很远，可能要坐一个星期的车。我是我们数学系当年第一个来校报到的学生。从此，我在吉大开启了崭新的求学生涯，开启了我不一样的人生。在此，我要特别感谢和感恩母校四年的培养！

今天，我想与学弟、学妹们分享三方面的感悟。

第一是分享我的求学和科研工作经历。

我于1983年来到吉林大学数学系力学专业进行本科阶段学习，本科毕业后考入中国科学院大气物理研究所攻读研究生。我自认为当年的自己是一个很平凡但很积极上进的青年。我经过三次高考，才考入大学；博士阶段又攻读了8年。我的求学历程是非常漫长的。当时虽不是班级里最聪明的学生，但我一直坚持专注求学。

回顾求学之路，我非常感谢母校吉林大学帮助我打下了较好的教育基础，特别是数理基础，帮助我有了较好的"敲门砖"。吉林大学一直有"厚基础、重实践、严要求"的教学传统。以我当年学习的数学力学（应用数学）专业为例，我们系统学习了数学分析、线性代数、解析几何、常微分方程、实变函数、复变函数、数学物理方法、理论力学、结构力学、流体力学、弹塑性力学、普通物理学和矩阵分析、数值逼近、微分方程数值解等多门课程。这些课程的教材都是我们数学系的老师经过多年积累精心编制的，而且这些课程也都是当年我们数学系最好的老师亲自讲授。正是在数学、力学等方面基础课程的扎实学习，为我之后考取中国科学院大气物理研究所研究生并开启相关领域的研究打下了坚实基础。

我所从事的科研领域，尽管属于气象学领域，但严格来讲应该是"应用数学物理"，涉及的学科包括数学、物理学、生物地球化学、水文学、生态学、地球系统科学、计算科学等。我在所从事的研究领域取得的一些成果，主要还是得益于我在吉大本科阶段学习时打下的良好基础。我所作出的主要科研贡献有两个方面：一是创建了陆面过程数学物理方程体系，构成了当前世界陆面物理过程模式的核心；二是建立了不同尺度陆面过程的统计动力学表达。相关研究成果在多个学科领域的数值气象业务方面均得到广泛应用，并有重要影响。目前，我们正在开展高分辨率海-陆-气耦合的地球系统模式研制，开展精细化天气、气候、生态、水文预报预测业务应用研究，以提升我国海洋、气象、生态、水文预报预测的精准度，支撑我国防灾减灾和极端事件应对处理。

受到当年大学本科老师的影响，我在繁忙的科研工作之余，仍坚持教授本科生课程，主要讲授地球系统、计算机原理与程序设计等。其中，我在讲授地球系统课程的时候，经常告诉学生"尽管学科有不同的分类，我们从事的研究也有不同的着重点，但我们思考问题的时候，一定要具有全局和系统观念。我们现在看到的任何一个现象，比如某个城市的气象改变，从全球的角度来看，可能就会有一个全球的效应"。因此，当我们思考问题和学习的时候，不仅要把我们所有的课程学好，同时也要从系统全面的角度来思考问题。

第二是分享我从事交叉科学研究的一点感悟。

当今科学研究越来越交叉和互利，当代知识生产和学科发展已经步入多学科交叉融合的时代，单一学科的研究范式与思维模式已经难以实现科技创新和解决复杂的重大问题，需要多学科交叉合作。我从事的研究正是属于交叉科学。基于我的经验，不论是人工智能、气象学，还是航空航天工程、医学等，都需要不断加强学科基础课程（基本理论、基本知识、基本技术）的学习。比如应用数学专业，我们至少要对数学分析、代数、实变函数、复变函数、数学物理方法等课程有比较深入的了解，做到融会贯通。基础课程学习的厚度决定将来交叉学科跨越的广度和科研成就的高度。因此，良好的学科基础是我们事业的基石和"敲门砖"。

第三是分享我个人成长的心路历程。

在我的成长道路上，我始终恪守"志存高远、正心、拙诚、坚忍、勤奋"的为人做事之道。我本人是从山村考入大学的，初入大学时，由于眼界不够开阔、见识不多，从思考问题到生活习惯都有很多缺点。我也曾跟大家一样迷茫过、悲观过。但是在老师的引导下，我逐步认识到要积极把自己融入一个大的集体，特别是把个人理想融入国家的事业中，通过不懈的坚持与奋斗，人生才会有意义。无论从事哪一个职业，只要不断坚持和钻研，我们就一定能够成功！

同时，以我自身学习和成长的经验来看，我建议学弟、学妹们一定要加强基础课程的学习。要坚持"志不求易，事不避难"，把握关键知识点，积极思考，努力攻克。要坚持"吃得苦、霸得蛮"，要志存高远、脚踏实地，认准目标后，就要坚持不懈地为之努力。

希望大家常悟"大学之道"。"大学"（大人之学）的宗旨，在于弘扬光明正大的品德，在于使人弃旧向新，在于使人的道德达到最完善的境界。知道应达到的境界才能够志向坚定；志向坚定才能够沉静；沉静才能够心神安定；心神安定才能够思虑周详；思虑周详才能够有所收获。每样东西都有根本、有枝末，每件事情都有始有终。明白了这本末始终的道理，就接近认识事物发展的规律了。与大家共勉。

最后，衷心祝愿学弟、学妹们身体健康、学业有成！祝愿老师们身体健康、事业有成！祝愿母校吉林大学人才辈出、蒸蒸日上！

谢谢大家！

（本文为作者在吉林大学 2023 年开学典礼上的讲话）

最美开学致辞

长风破浪会有时

南开大学校友　追光动画总裁　于洲

尊敬的各位老师，各位新同学们：

大家上午好！

九月的朝阳迎来了新的一级南开学子，请允许我代表20余万遍及全球的南开校友，向今天入学的近万名新同学致以热烈的欢迎，欢迎你们迈入南开园，开启南开的求学时光！如果我们能穿越到1919年，南开大学建校的第一次开学典礼，当时在座的只有96位新生，其中有一位学生的名字叫周恩来。如果时光能回到1991年的9月，那是我第一次离家，坐在体育馆1500名新生中间，当时的心情和在座的诸位完全一样：南开，我来了！大学生活，我来了！我想，当年年轻的恩来学长应该也是同样的心情。

百余年前，周恩来立志"为中华之崛起而读书"。曾在南开讲学的梁启超先生高呼"少年智则国智，少年强则国强，少年独立则国独立"。1928年，张伯苓校长主持制定《南开大学发展方案》指出："吾人为新南开所抱定之志愿，不外'知中国，服务中国'二语。"知中国，服务中国——近百年来，南开人始终脚踏实地，将爱国情怀书写在扎根人民、报效国家的担当实践中。

88年前，面对内忧外患的局势和积贫积弱的国家，校长张伯苓在开学典礼上提出振聋发聩的"爱国三问",在风雨飘摇的旧中国,南开种下自强不息的爱国报国希望。

岁月不居,时光如流。今天我们面临的,是百年未有之大变局,中华民族伟大复兴之历史机遇。青春的序曲已经奏响,同学们的南开岁月已经开启。

在南开读书的时候,我有写日记的习惯,所以大学四年的每一天,现在都能清晰地回忆起来。我记得新生联欢会上我们宿舍表演的节目,记得我们CPU篮球队在校篮球联赛冠亚军决赛中惜败2分,记得校运动会上我们获得接力冠军时的兴奋,也记得毕业时在天津站送别同学大家齐唱张学友的《祝福》……南开四年,是青春热血、快乐充实的四年。

今年暑期,动画电影《长安三万里》得到了广大观众的喜爱,也掀起了大江南北、男女老幼热爱唐诗和盛唐文化的热潮。这部作品是追光动画的十年之作。10年前,追光动画在创立时,我们就确立了追光的使命:融合科技与艺术,不断创造前所未有的卓越作品。在南开计算机课业的学习,以及学校人文环境的浸润,这些都为我后来多年的发展打下了基础。

同学们,你们的南开生活已经开启,以下四点我希望能与大家共勉:

一是希望同学们培养独立之精神。不人云亦云,不媚雅媚俗,三观坦荡,襟怀广阔。

二是希望同学们养成学习之习惯。大学的学习成绩是重要的,但更重要的是养成学习的习惯和方法,因为学习将伴随我们一生;大成若缺,和光同尘。

三是希望同学们磨炼健康之体魄。这点不必多言,如果大家看过《长安三万里》,就会知道高适在这方面比李白做得好得多。

四是四年大学生活希望同学们能遇到相知一生的师友。程门立雪,高山流水，也可以如李白高适，"高三十五，你心中的一团锦绣，终有脱口而出的一日"。

渤海之滨，白河之津，是我们南开人出发的地方；海阔天空，春华秋实，祝同学们在南开过好每一天，月异日新，长风破浪会有时，直挂云帆济沧海。

谢谢大家！

（本文为作者在南开大学2023年开学典礼上的讲话）

乘长风　破万里浪

上海对外经贸大学校友　上海市社会主义学院院长　周汉民

尊敬的殷书记，汪校长，亲爱的老师，亲爱的新校友：

我以十分荣幸和谦卑的心情接受母校的邀请，第三次以校友身份在母校的重要场合发言。记得第一次是在2011年的毕业典礼上，我荣获"杰出校友"的称号，接受一生至高的勉励。第二次是在2020年10月18日的母校60周年纪念日庆典上，我以校友身份代表海内外所有受到母校栽培的学生，向母校致上最衷心的祝福。今天，能再次有这样的机会，与刚刚跨进上海对外经贸大学的莘莘学子见面，至为荣幸，有三点感念与大家分享。

第一，感恩伟大的时代。

时代如万里江河，汹涌澎湃，我们只是一朵浪花，融入其中才能永不干涸。母校是在1978年复校的，当时正值中国改革开放拉开历史帷幕的时刻，我也就是在那一年成为母校学生的。改革开放深刻改变了中国，也深刻影响了世界。曾记否，1978年中国经济总量占世界经济的比重约1.8%，而当年中国的人口是世界人口的1/5有余；2021年，在中国第一个百年奋斗目标完成之际，我国的经济总量已经是全球的18.5%，我们用实际行动践行了毛主席对我们的勉励——中国应当对人类有更大的贡献。

今天，中华民族伟大复兴进入了不可逆转的历史进程。当我首次听到这句话的时候，热血沸腾，热泪盈眶，这是我们的祖国，这是我们的人民，这是我们的江山！中华民族伟大复兴要在21世纪中叶以全面建成社会主义现代化强国为标志而得以实现，祖国将以富强、民主、文明、和谐、美丽的强国之姿屹立于世界民族之林。当下，我们面临十分严峻复杂的国际形势，国内同样有艰巨繁重的任务需要完成。在踏上中国式现代化的关键时刻，强国建设，有你有我。伟大的时代，就如同日月星辰照亮我们的人生，作为960万平方公里国土上伟大而又坚强的中国人的一分子，我们一辈子都应该为之努力奋斗，大家责任重大，使命光荣。

第二，弘扬贸大精神。

我永远不能忘怀的是，60余年来有多少老师为了培育我们殚精竭虑、夜以继日，有多少老师对我们谆谆教诲、精心哺育。各位学友，当你们走进图书馆，就能看到两尊雕像——裘劭恒先生和汪尧田先生，他们以慈祥而坚毅的目光看着我们。他们是我的恩师，也是所有学生的楷模，是上经贸大精神的集中体现。先生者，是高擎思想的火炬，照耀千万人前行的先行者是也。他们之所以受敬仰，不仅是学问精深，更在人格伟大。

人们常说，一个人如果一生做一件事，有益于人民，当被历史铭记。那么，裘劭恒先生做的不仅仅是一件，至少有三件值得一提再提：他是"二战"结束时参与东京审判的中国代表团秘书兼检察官助理，进行了大量的证据调查和收集工作，为罹难的同胞伸张正义，当台湾同胞在东京涩谷遭受袭击反被诬陷时，他勇挑重担维护国人权益；在十年浩劫之后，他担任审判"林彪、江青反革命集团"特别法庭顾问，为拨乱反正、正本清源作出特殊贡献；他参与香港特别行政区基本法起草，为"一国两制"行稳致远贡献智慧和力量。

汪尧田先生在耄耋之年，毅然决然站出来，组织上海跨学科、跨校际、跨领域的学者，组建中国第一个也是唯一一个"关税与贸易总协定上海研究中心"（后改名为"世界贸易组织上海研究中心"），为中国加入世界贸易组织奔走呼号、著书立说、建言献策，为中国在世界舞台上的崛起殚精竭虑，被誉为"中国复关入世第一学人"。

我作为两位先生的门生，深感从他们身上所学到的是长期坚持、长期奋斗、长期吃苦、长期奉献、艰难困苦、玉汝于成。正如罗曼·罗兰所言，作为知识分子，他们拆下肋骨当火把，他们的思想光芒洞穿历史长河。

前辈的言行举止永远铺陈在我们的道路上，从今往后，我们的学子来到图书馆，每每望到这两位先生的眼神都能够汲取到奋斗的力量，在祖国需要的时候，挺身而出，在人民需要的时候，义不容辞。我认为，这就是十分有价值的了。

第三，努力创造未来。

各位，跨进校门是人生努力的第一步。我建议首先应该做扎实的基础研究，掌握专业学科的基础理论与触类旁通的基本技能，要"身怀一技"，做到基本理论、基本知识和基本技能"三基具备"。母校被誉为"中国对外经贸人才的摇篮"，大家要围绕经贸类学科认真钻研，做到循序渐进、齐头并进，最后，在融会贯通的基础上实现突飞猛进，做到"三进叠进"。最重要的是，人品、道德、文章缺一不可。学做人、学做事、学求知、学共处，是我们永远不能懈怠，要毕生践行的。你们是明天的栋梁，期望大家要有上经贸大人的胸襟、操守和担当，将"诚信、宽容、博学、务实"的校训作为立身之本。

2020年，我为母校的校歌所作的词最终被采用，校歌要求是要高度概括学校校风及教风、学风，要引领学校发展方向。我深感重任在肩，思考再三，字斟句酌，我想起毛主席教导我们的话，人是要有一点精神的，我认为有两种精神应当在今天再次被提及，第一就是独善其身、艰苦奋斗的精神，第二就是兼济天下、矢志不渝的精神。只要我们能够有这样的一种精神，就一定会有更加美好的未来。因而，我在歌词中郑重写下，追梦的青年，要独善其身、兼济天下，把奋斗的足迹遍布海角天涯。对于我们所有的有为青年而言，梦筑天下是这一时代应有的大视野、大胸怀，我们要共筑个人梦、中国梦、天下梦。

最后借用王国维的人生三境界，与各位共勉："昨日西风凋碧树，独上高楼，望尽天涯路"，这是我们的志向；"衣带渐宽终不悔，为伊消得人憔悴"，这是我们的奋斗；"众里寻他千百度，蓦然回首，那人却在灯火阑珊处"，这是我们的境界。祝愿大家乘长风，破万里浪，我为你们加油！

（本文为作者在上海对外经贸大学2023年开学典礼上的讲话）

学生篇

"清"春有为，吾辈自强

清华大学　王圣杰

尊敬的各位老师，亲爱的同学们：

大家好！我是来自临床医学类专业的王圣杰，今天很荣幸有机会作为新生代表在这里发言。

成长路上，是师长的指导与教诲，是亲友的关心与鼓舞，支持着努力拼搏的我们。在这里，请允许我代表三字班全体新生，向各位师长和亲友表达最诚挚的感谢！谢谢你们！

初到清华，数不清园子里到底有多少个食堂、多少条路，分不清可爱的吉祥物来自哪个院系，我们对园子里的一切都充满了好奇。曾经的清华梦终于照进现实，相信大家都和我一样，在思考应当如何度过未来的大学生活。在清华厚重的历史中，我找到了答案，那就是："清"春当有为，吾辈当自强。

"清"春有为，当潜心追求真理。我在高中时期沉醉于生命科学的奥妙，也期盼着能成为一名有温度的医生，清华为我提供了成就梦想的广阔平台。这里有着浓厚的学术氛围，一代代清华人投身科技创新主战场，为技术发展和科学进步贡献清华力量和清华智慧。程京老师创新生物芯片技术，努力生产让百姓用得起的"中国芯"；戴琼海老师研制生命科学成像仪器，搭建脑科学与人工智能的桥梁；蔡峥老师主持建设MUST望远镜，为人类寻找星辰大海。这些都激励着我在清华的求学中保持赤诚的求知欲，保持对真理的敬畏，在学术的道路上坚守热爱，砥砺前行。这份追求卓越的清华精神，穿越了历史的洪流，指引着我们迎难而上，笃行不息。

"清"春有为，当秉持家国情怀。家国情怀，是中华儿女的血脉里固有的属性，是对国家的忠诚与热爱，是对社会的担当与奉献。而熔铸水木清华底色的，就是这份家国情怀。初次来到清华，一份历史的厚重感扑面而来：我在闻一多雕像下伫立良久，默念"你心火发光之期，正是泪流开始之日"的动人诗句；我在西南联大纪念碑下瞻仰"刚毅坚卓"，感受国难面前仁人志士众志成城的赤子之心——这是每一位清华人在危难之时爱国奉献精神的体现。从让中国挺直脊梁的"两弹一星"，到国产第四代核电高温气冷示范堆，再到国产C919大飞机。眼眸深处的红色基因汇成时代发展的密码，"到祖国最需要的地方去"，始终是清华人给出的答案。

"清"春有为，当永葆奋进姿态。历史上的清华人用实际行动向我们证明奋进不息的力量。笔耕不辍、精益求精的许渊冲先生从事文学翻译工作长达60余载，用他的行动印证择一事而终一生；改革开放之初，化学系1972级的学长喊出"从我做起，从现在做起"，鼓舞一代代清华人投身实现中华民族伟大复兴的洪流。"时代各有不同，青春一脉相承"。希望我们都能记住今天的自己，正式成为一名清华人，更要记住此刻这颗斗志昂扬的心。奋进，不只是响亮的口号，我们要学好每一门课程、做好每一件小事。生逢盛世，吾辈当肩负起历史和时代赋予的责任和使命，积极投身中国式现代化建设，把个人发展融入强国建设、民族复兴伟业，以奋进姿态激扬青春，书写无愧于时代的华彩篇章。

"清"春有为，吾辈自强，意味着追求真理途中的勇于攀登，意味着厚植在心中的家国情怀，意味着永葆踔厉奋发的奋进姿态。同学们，我们坚信：奋斗不止，行健不息，我们定能成为"有为"的清华人，胸怀报国之志，勇担复兴大任！

谢谢大家！

（本文为作者在清华大学2023级开学典礼上的讲话）

不负"北大"身份　交出完美答卷

北京大学信息科学技术学院　陈浩伟

尊敬的老师们，亲爱的同学们：

大家好！

我是信息科学技术学院2023级本科新生陈浩伟，来自云南沧源的一名土生土长的佤族人。

"我想重新得到林木的怀抱，溪水的轻抚，在安东山脚下斜倚着半抹斜阳，哼着月亮升起来，直到月亮真的升起来。"这是我在高三枯燥乏味的刷题训练中，某一日怀念我的故乡沧源所写。沧源——葫芦王地，佤族世代以来都聚居的世外桃源。在这个人口不足19万人的小镇，佤族人口却占了中国境内佤族人口总数的近一半，而我作为其中的一员，也在这度过了我的整个童年。这里没有钢筋水泥，没有高楼大厦，只有山野间层次错落的平顶小屋和阡陌小路。在六年级的某一天，母亲问我，以后想不想考去北大。我点点头，不是因为我有信心，而是因为我根本不知道北大到底是什么却又不想让母亲对我失望。

在升入市里的中学后，我有幸能够以此为窗窥见大山外世界的一角。我知道了，北大是中国的最高学府，是"五四运动"的策源地，是全国上下千万学子都魂牵梦绕的学习圣地。那时，大家都说，我这个大山里的孩子考上北大不过是痴人说梦罢了。但我没有因此而泄气，反而对于北大更加神往并以此为目标，每日焚膏继晷、青灯黄卷、披星戴月地努力学习。

终于，在总书记给我的家乡回信的第三年，我，陈浩伟，带着家乡人民的希望圆梦北大。

虽然我生在一片青绿之中，触目便是青山绿水，但是我对于数码的神奇世界却有着特殊的执念，这也是我当时选择北大信息科学技术学院的初衷。什么是信息学？大模型软件给了我一个答案，"信息学是以信息为研究对象，以计算机等技术为研究工具，以扩展人类的信息功能为主要目标的一门综合性学科"。在我的理解中，信息学就是一个由代码组成的千变万化的新世界，而我来到北大信科，就是要在这个新世界中创造一片新天地。

被誉为当代毕昇的王选先生，是信息技术领域的前辈，他发明的汉字激光照排技术让中国的印刷产业告别了"铅与火"，迎来了"光与电"。王选先生曾说，搞科学技术一定要顶天立地，顶天就是追求一流原始创新的科研成果，立地就是科研成果的大量推广和应用。这句来自前辈的教诲，至今听来仍然振聋发聩。信息科学技术学科不仅要求要有理科的底蕴、工科的活力，同时也要有文科的灵气，而北大，为我学习这个学科提供了可能。我们在这里，不仅能学习数理知识，还能接受艺术和文化的熏陶，感受特有的人文思韵和哲学光辉，并将其结合，让科技蜕掉冰冷的机械躯壳，让数据脱离古板的框架，最终成为王选先生口中顶天立地、能够担当时代重任的人才。

如今，我从大山走入燕园，成为北大的孩子，惊喜和关怀无处不在。军训期间，学校配发了舒适的作训服和热心企业捐赠的专业运动鞋；八一勋章获得者钱七虎、王忠心和英雄模范陈强都亲临学校；多个电影主创团队走进校园；开学第一跑等活动丰富了我们的校园生活，不少其他高校的同学也对我们表达了羡慕之情，我自身也真切地感受到，能成为一名北大人，是多么幸运！

将来，我希望我能够不负北大人的身份，在信息科学领域有自己的成就，让家乡的发展之路能越走越快，也希望能和在座的各位北大新燕一起，怀抱着知识和理想，肩负着祖国和人民的期望，坚定地走向世界舞台的中央，交出北大青年、中国青年给新时代的完美答卷。

最后，祝各位同学新学期愉快，在教师节来临之际，祝各位老师工作顺利！

我的发言到此结束，谢谢大家。

（本文为作者在北京大学信息科学技术学院 2023 级开学典礼上的讲话）

格物致知　在物院探求真知

北京大学物理学院　李开阳

尊敬的老师，亲爱的同学们：

大家好！

我是物理学院2023级本科新生李开阳，来自天津市宁河区芦台第一中学。在今天这个特殊的日子里作为新生代表发言，我深感荣幸。

暑后余热未尽的风，鼓荡着我们心中的激情，近300名物理学院本科学子从江南塞北共赴燕园，行一段至少为期四年的逐梦之旅。在这里，我们将接受更加高深的知识的洗礼，将迎来从中学的青涩懵懂到大学成熟稳重的蜕变，将收获深厚的友谊与无价的回忆。

面对即将开始的大学生活，我相信各位同学在充满期待的同时也心有忐忑，尤其是像我一样，通过高考统招来到燕园的同学，在高手云集的北大物院难免会倍感压力。有压力未必是坏事，一方面，压力也是动力，它激励我们一刻也不能放松对自己的要求，保持勤勉踏实的学习态度；另一方面，这也教会我们更加全面客观地看待成败得失，不把自己困在某种单一的评价维度之中。北大给予每个人发展个性的权利，在这里，每个人的发展轨迹都不尽相同，但我相信，我们的路都会越走越宽，都会拥有独属于自己的多彩而又充满挑战的大学生活。

儒家自古有"格物致知"之理，这也是物理学研究的过程。格，即研究，是要花费心力的。格物之路注定坎坷漫长，在这途中，可能有急流险滩，也可能有山穷水尽，需要我们有坚定不移之意志，有躬身耕耘之耐心，也需有携手互助的团队合作、科学高效的研究方法。

曾经，我熟背"身为一叶无轻重，愿将一生献宏谋"的诗句；今天，我追寻着"两弹一星"元勋于敏先生的步伐来到北大物院。曾经，我们为解决一道道物理题目而快乐；今天，物理将成为我们认识世界、探索世界的理想。它神妙莫测，统领万物规律；它见物讲理，依理造物。来到物院，我们探求真知；回应上苍，我们就是人间的窃火人。北大，是我们人生又一个崭新的开始：它给予我们更高的平台，让我们肆意泼墨，书写青春。我们会心怀天下的大义，不是为了个人荣誉学术地位而学习，而是为了人类的进步与发展向上天发问，开拓视野，提高觉悟。唯有如此，我们的内心方能容下整个宇宙。

在入校后的短短几天里，我就已经感受到这座园子中明媚秀丽的湖光塔影，浸润书香的学术氛围，诸位师长深厚儒雅的人格学养。面对未来，我们有信心！

路虽远，行则将至；事虽难，做则必成。四年时光如流水，涓涓也罢，滔滔也罢，都是我们青春乃至整个生命中最宝贵最难以忘怀的时光，所以同学们，让我们始终以一颗赤子之心面对世界，以一种忘我之乐迎接未来，打开格局，平静内心，充实、平稳、有意义地度过接下来的四年多姿多彩的燕园时光。

我的发言到此结束，谢谢大家。

（本文为作者在北京大学物理学院2023级开学典礼上的讲话）

山河海海　共赴百卅之约

武汉大学国家网络安全学院　钟岩

尊敬的老师们，亲爱的同学们：

大家好！

我是来自国家网络安全学院的钟岩，很荣幸作为2023级新生代表在这里发言。首先，请允许我代表全体新生，向给予我们关心与支持的师长和亲友表示最诚挚的感谢，你们的付出与陪伴是我们圆梦路上的不竭动力，衷心地感谢你们！

初临珞珈山，凝视着庄严肃穆的学校牌楼，漫步在青葱秀美的珞珈山麓，徜徉于卷帙浩繁的图书馆里，"自强、弘毅、求是、拓新"的谆谆校训望之巍然，润物无声，渐入心底。这座历经百卅风雨的校园，展示着它不断自我更新的青春活力，轻轻地呼唤着我们去开启崭新的大学之旅。

我想在缤纷校园里全面发展。冲过高中的独木桥后，人生不再是一条轨道，而是一片茫茫旷野。大学充满无限可能，或许不久之后，我们会在奥场上奋力冲刺，会在舞台上一展歌喉，会在智慧教室里展开头脑风暴，会在科研竞赛中捧起奖杯，会成为排忧解难的志愿者，会成为叱咤风云的珞珈少年……我们大可跳出舒适圈、大胆探索自我边界，在自由而又包容的珞珈山下，迎接属于自己的肆意青春。

我想在科学殿堂里永葆好奇。2022年度珞珈人物宗福邦老先生的故事让我印象深刻，他专注18年，只做一件事，挑灯埋首、鞠躬尽瘁，编制鸿篇巨制《故训汇纂》，我被宗先生这种坚定不移、坚韧不拔的学术精神深深打动。高中时我参加的英才计划让我进入大学实验室学习如何做科研，我选择了地火转移轨道这一课题，好奇心推动着我在繁重的学业空隙如饥似渴地读文献、写代码、推公式，最终算出204天的转移时间竟与新闻报道中"天问一号"的所用时间不谋而合，在参加第四届世界顶尖科学家论坛时，我有幸向诺贝尔奖得主和两院院士分享自己的科研故事。对知识的好奇是世界送给青年的礼物，现在想来，使我留恋的并不是那天登上演讲台时的大放光彩，而是那一次次在繁重而枯燥的纸页间串起知识的喜悦。

我想在踏遍山河中解码中国。今天的世界正迎来前所未有的变革和挑战，更需要大学阶段的我们走出象牙塔，走进街头巷陌、踏足山巅极地，培养将知识付诸实践的能力，增强舍我其谁的社会责任感，或深入基层一线，或重走西迁之路，或奔赴深山支教，或远征南极科考，用脚步丈量祖国大地，在实践路上触摸时代脉搏。正如武大宣传片《新声》中所说：发声，不只是为了踏足顶峰，更要去世界发声，贡献中国智慧！

我想在珞珈精神中涵养情怀。珞珈精神，就是匡时济世、奋斗不止的"自强"精神。自1893年张之洞创立自强学堂开始，武大就烙上了革故鼎新、自强图存、济世救国的历史印记；1931年，老校长王世杰慷慨演说，唤醒沉默的大多数国民；1972年，朱英国院士成功培育"红莲"型杂交水稻，用种子改变世界；2023年，张平文校长在毕业生即将奔赴未来的重要时刻，呼唤用纯粹的爱去升华人生。130年，那些长河中激荡的声音，我们从未忘记；自强弘毅之精神，仍奔腾在一代代武大人的血脉之中。

我想在网络空间中矢志报国。信息化与全球化的快速发展，使得网络空间已经成为继陆、海、空、天之后的第五大主权领域空间。习近平总书记曾指出："没有网络安全就没有国家安全。"网络安全作为网络强国、数字中国的底座，将在未来的发展中承担托底的重担。我最想做的，就是通过网络空间安全专业学习来守护这一机遇与风险并存的未来世界。同学们，虽然我们来自6个学部、35个培养单位，但我们收到的第一套教材都是武汉大学人文科学、自然科学与中国精神的导引，我们将在珞珈山下陶冶最纯粹的热忱，去爱社会、去爱科学、去爱祖国，投入到各自的专业中深耕，在祖国最需要的地方发光发热！努力争做担当民族复兴大任的时代新人！

百卅武大，恰是风华正茂。生逢盛世，更当勇担重任！不错失个体火花，也不辜负时代炬火。让我们共乘好风去，携手上青云，长空亿万里，直下踏山河。

愿我们同心同向，一路前行。

谢谢大家！

（本文为作者在武汉大学2023级开学典礼上的讲话）

鹏程万里今朝始　宏图展翅正当时

西安交通大学博士研究生　李秉乘

尊敬的各位老师、亲爱的同学们，大家好！

我是能源与动力工程学院2023级博士研究生新生李秉乘。在这个阳光明媚、秋高气爽的日子里，能够与各位同学一起迎接新的学期、新的生活，我感到非常荣幸。

碧空如洗，白鸽翩然，涵英楼前的晨风还是那样熟悉，3年前，作为硕士新生的我聆听开学典礼的画面还历历在目。感谢交大的红色传承与悉心培育，让我牢记青年人要胸怀"国之大者"，弘扬西迁精神，把人生目标融入国家蓝图，把人生梦想汇进时代洪流，让蓬勃青春与家国情怀同频共振。感谢钱学森等交大前辈科研报国事迹的鼓舞熏陶，让我知晓"好事尽从难处得，少年无向易中轻"。世上没有捷径可走，唯有在磨砺中不断强心志、壮筋骨、长才干，才能抵达梦想的彼岸。

感谢学院导师和众多"大牛们"的言传身教，让我明白"夫志，气之帅也"。青年人有志向、有梦想，知道自己心之所向，就能在面对学业、职业等多方面选择时，多一些笃定、少一些迷茫；在面对前进道路上的风雨挑战时，多一些勇敢、少一些退缩，为人生积蓄起充足的动力、强大的能量。在这里我度过了最美好的硕士时光，这所名师荟萃、历史悠久、处处洋溢着爱国情怀的高等学府，寄托了我对研究生生活的所有期待。

今天，我以一名博士新生的身份，怀揣着对知识的渴望和对未来的憧憬，再次进入交大校园，内心感慨万千。前路漫漫亦灿灿，未来无垠而广阔。在课堂上，我们仰望泰斗，聆听闪烁智慧光芒的教导；在实验室，我们潜心学术，与伙伴碰撞思维的火花；在运动场，我们挥洒汗水，尽情绽放青春的激扬；在社团里，我们锻炼能力，努力成为更好的自己；在科研中，我们迸发灵感，品尝奋斗开花结果的喜悦；在实践时，我们实现社会价值，感受帮助他人的快乐……

当今世界正经历百年未有之大变局，青年人的命运与国家的命运血脉相连，青年人的脉搏与时代的脉搏同向同行。就让掷地有声的勇气、冲破难关的豪情、解决"卡脖子"问题的惊喜，成为我们青春的主旋律。

感恩时代，吾辈皆能在此践行梦想，扬帆起航！感谢相遇，你我将于此地并肩成长，乘风破浪！趁着时光青葱，趁着岁月正好，让我们多一点点努力，少一点点抱怨，把握当下，认真走好每一步路，愿将来回首往事的我们，能够感谢今天这个迎着阳光、勇往直前、不懈拼搏的自己！

鹏程万里今朝始，宏图展翅正当时！愿我与同学们能够时刻铭记"精勤求学，敦笃励志，果毅力行，忠恕任事"的交大校训，传承"听党指挥跟党走"的西迁精神，勇担国家使命，共创交大荣誉，不负韶华，砥砺前行，在追求卓越的道路上奋斗不息！谢谢大家！

（本文为作者在西安交通大学2023级开学典礼上的讲话）

启航中大，迈向明天

中山大学医学院　林芷宁

尊敬的各位领导、老师，亲爱的同学们：

大家上午好！

我是中山医学院临床医学八年制2023级本科生林芷宁。很荣幸能有机会站在这里代表2023级全体新生发言。

伴随着凉爽的秋风，环抱着温暖的阳光，两周前，来自五湖四海的我们，相聚在美丽的康乐园，拥有了一个共同的、崭新的、响亮的名字——中大人。经过十几年的厚积薄发，经历高考的洗礼、竞赛的角逐，走进中山手创、红砖绿瓦的学府，相信大家和我一样非常激动，因为人生的第一个梦想终于实现了！

然而，这并不是我们的终点，而是一个新的起点，为梦想前行的征程才刚刚开始。在前方向我们招手的不仅有缤纷多彩的机会，还有想得到和想不到的、大大小小的挑战。无论是在求学治学的过程中，还是个人发展的道路上，面对未知和挑战都需要我们以勇于探索的热情，启航中大，迈向崭新的明天。

迈向明天，须提升学习力，在专业的领域里勤学不怠。通往梦想的道路往往充满荆棘和曲折，需要动力和毅力，也需要坚实知识基础的保障。

只有沉下心来，勤学不息，下苦功夫，才能求得"一等学问"。"九层之台，起于累土"，具备扎实的知识基础，才能奠定挑战未知的底气，才能拥有攻坚克难的信心。

迈向明天，须增强行动力，在火热的实践中担当作为。伟大的事业都始于梦想，成于实干，没有辛勤耕耘，就没有沉甸甸的收获。我们的国家从经济基础薄弱到成为世界第二大经济体，从全面脱贫到乡村振兴，从使用算盘制造原子弹到"神威·太湖之光"超级计算机登顶，这些举世瞩目的成就，都来自"功成必定有我"的历史担当和接续奋斗。作为新时代的青年学生，我们要牢记使命，只争朝夕、不负时光，撸起袖子加油干，保持奋发有为的精神状态，锚定关键领域核心技术，在勇攀知识高峰的道路上实干创新、行而不辍。

迈向明天，须淬炼思想力，在正确的方向上笃行致远。百年中大，从革命的烽烟中走来，历经沧桑而坚守初心使命，栉风沐雨中始终与祖国同向同行。面对风雨飘摇的国家民族，孙中山先生曾勉励青年"要立志做大事"。在疫情最为严峻的时刻，"最美医生"管向东教授奔赴武汉深情告白"国有难，召必至"。曾经援疆3年的中山医学院党委书记张琪教授说"我应该来，也必须来"。一代代中大人以振兴中华、造福人民为己任，在国家发展富强的道路上留下了丹心报国、笃实奋进的动人故事，谱写了国有所需、我有所应的慷慨壮歌，展现了融入中大人血脉之中的家国情怀。一代人有一代人的使命，我们要传承先辈学者的精神意志，在为国家、为社会、为人民服务奉献的过程中坚定理想信念，响应时代需求，找到人生方向，昂首阔步，拥抱属于我们也属于国家和民族的未来！

谢谢大家！

（本文为作者在中山大学2023级开学典礼上的讲话）

带上心灵背包，踏上新征程

四川大学　李奕乐

尊敬的各位领导、老师，亲爱的同学们：

大家好！我是华西临床医学院临床医学八年制2023级的新生李奕乐，很荣幸能作为新生代表在开学典礼上发言。

首先，请允许我代表全体新生向关心、帮助我们的领导、老师，以及成长路上一直陪伴我们的家长致以崇高的敬意和最衷心的感谢！

秋天，于自然万物是一个新的阶段，于我们同样开启了人生的新篇章。在此金秋时节，聆听着"海纳百川，有容乃大"的校训，我们迈进了一个美丽的新世界——四川大学。辅导员老师的亲切笑脸、学长们的热情问候、宿管阿姨的细致关怀，很快消除了我内心的紧张与不安。作为2023级新生，在感受着新鲜的同时，我也很快融入了这个温暖而又富有活力的大家庭，与诸君一起开始一段新的旅程。

"不知来时路，不可致远途。"在昂首迈进之前，我们不妨先回顾一下，面对人生的关键节点，我们是如何踏出具有决定性意义的一步的，明了自己从何处来，才能步履坚定地向明日去。我成长于医生家庭，从小耳濡目染，钦佩父母严谨、坚韧的医者风范，对医学更是充满着好奇与向往。3年前的那个除夕夜，医务工作者白衣为甲、逆行出征，留给家人的是坚毅的背影，带给病人的是生命的希望,那一刻,我更深刻地体会到了何为"健康所系,性命相托",那一刻,我坚定信念选择成为一名奉献者!

今天,来自五湖四海的我们相聚于此,幸甚至哉!我们正处在最美的年纪,拥有敢想敢为的热情与勇气;来到川大,学校将为我们提供诸多追逐梦想的平台;在我们身后还有学识渊博的师长为我们指点迷津。"既然选择了远方,便只顾风雨兼程。"同学们,大学的旅程已经开始,在出发前,请装点一下我们的心灵背包:

首先,带上信心与希望,做一个自信勇敢的川大人。百年川大弦歌不辍,生生不息。向前看,有历史学家顾颉刚、美学家朱光潜、数学家柯召、皮革化学家张铨、卫生学家陈志潜等大师为我们奠基开路;从此观,有一流的本科教育、顶尖的科研平台、完善的创新人才培养体系为我们保驾护航。这里有辉煌的过去,有拼搏的现在,有令人憧憬的未来,吾辈当仰望星空、脚踏实地,以更坚定的自信、更踏实的奋斗、更昂扬的姿态,用实际行动续写川大人的华章!

其次,带上恒心与毅力,做一个坚韧不拔的川大人。《传习录》曰:"立志用功,如种树然。方其根芽,犹未有干。及其有干,尚未有枝。枝而后叶,叶而后花、实。"大学四年,正是打好基础、沉淀自我的好时光,唯有深深向下扎根,方能向上生长。漫漫成长路,最难的不是开始,而是坚持。面对挫折,当披荆斩棘、乘风破浪、永不言败。"大浪淘沙,方显真金本色;风雨过后,更见青松巍峨"。

最后,带上责任与使命,做一个勇于担当的川大人。"一代人有一代人的长征,一代人有一代人的担当。"一代代川大人用实际行动践行着"国之所需,川大所向"的誓言。如今历史的接力棒交到了我们手中,"欣逢盛世,当不负盛世",我们应该主动地融入时代,心系祖国和人民,肩负责任与担当，发扬蹈厉，不负韶华，在祖国的一寸寸沃土之上绽放川大人的青春之花。

相信此刻，在大家的心中已然种下了一颗名为梦想的种子，让我们带着梦想笃定地踏上新征程，用锲而不舍的奋斗，创造属于我们自己美好的未来，为祖国伟大复兴贡献川大青年应有的力量！

同学们，让我们一起祝愿我们的明天更加美好！祝愿川大的明天更加辉煌！

谢谢大家！

（本文为作者在四川大学2023级开学典礼上的讲话）

做天大人　立天大志　成天大事

天津大学　邓靖凡

尊敬的各位老师，亲爱的同学们：

大家上午好！

我是来自建筑学院的硕士生邓靖凡，很荣幸作为研究生新生代表在这里发言。

5年前，我有幸成为建筑学院的一名本科生。雄浑古朴的第九教学楼守望着往来行人；精巧玲珑的求是亭守候着莘莘学子。今天，我以研究生新生的身份再次站在这里，与我钟爱的学校再续前缘。此时此刻，我想用三句诗，再次开启一段天大生活。

"咬定青山不放松"。面向未来，我们需要坚定目标，做脚踏实地的天大人。回想大一的时候，因为对专业了解不够深刻，我也曾一度迷茫而失去动力。然而，建筑学院彭一刚院士的一次关于中国传统园林的讲座深深打动了我。"高轩临碧渚，飞檐迥架空"，雄浑的古建筑仿佛一位饱经沧桑的长者，承载着中华千年灿烂文明，也让我意识到了文化传承的责任与担当。于是，我开始日复一日坚持高强度学习。星光照亮了每一个努力的深夜，终于，我留在本校读研深造。支撑这一切的，除了努力，更是清晰的发展目标和长远的人生规划。我无比期待未来在天大求学的日子里，能在专业之路上笃行致远；以脚踏实地的精神和顽强拼搏的毅力不断求索，走出无悔于青春的求学之路。

"长风破浪会有时"。面向未来，我们需要勇敢拼搏，立全面发展的天大志。在天大，"五育并举"的教育理念像一片沃土，为我们全面发展提供着充足的养分。从初入校园时的排球小白到现在的女排队长，丰富多彩的校园文化让我找到了伴随一生的爱好，也让我不断成长为更加精彩的自己。在全市大学生排球联赛决赛中，我们一度比分落后，但全队上下咬紧牙关、顶住压力、顽强拼搏、奋起直追，终于在最后一刻完成比分反超，成功逆袭，夺得天津市冠军。我想，体育带来的，不仅是强健的体魄，更是一种"胜不妄喜，败不惶馁"的心境；冠军背后不只是技术进步，更是天大学子追求卓越的进取精神和敢打敢拼的青春面貌。作为"新天大人"，我们要珍惜学校提供的各种育人载体，在黄金年华不断吸收成长的养料，在全面发展中完成自己的蜕变与跃迁。

"愿得此身长报国"。面向未来，我们需要不忘初心，成兴学强国的天大事。天大爱国奉献的传统是融于我们血液的文化基因，塑造着天大人的气质。在炎炎烈日下做核酸志愿者，在海拔3000多米的上纳咪村担任支教老师，为宕昌县做旅游产业规划……有人问：你们这样辛苦吗？我想，答案一定是肯定的。但是我还记得团队中一位同学的话："奉献多少也许不重要，但能将微薄的力量融进祖国发展的洪流之中，何其幸甚！"我想，这就是天大人的时代担当。在未来的日子里，我们更要牢记兴学强国的使命、实事求是的校训、严谨治学的校风、爱国奉献的传统和矢志创新的追求，让绚丽的青春之花绽放在祖国最需要的地方！

习近平总书记指出："时间之河川流不息，每一代青年都有自己的际遇和机缘。"面对中华民族伟大复兴的战略全局和世界百年未有之大变局，愿我们立足时代，胸怀家国；感受天大品格，担当社会责任；做天大人、立天大志、成天大事，成为可堪大用、能担重任的栋梁之材！

最后，也祝愿各位师长身体健康、工作顺利，祝愿同学们学业有成、创出佳绩！谢谢大家！

（本文为作者在天津大学2023级开学典礼上的讲话）

学无止境　气有浩然

山东大学　陈雨晴

人不是活一辈子，不是活几年几月几天，而是活那么几个瞬间。何其有幸可以作为2023级研究生新生代表发言，那是足以让我铭记终生的高光瞬间。

此日结缘日，借问缘为何。3个月前的毕业典礼上，我坐在台下仰望着接受拨穗的博士毕业生，想象着4年后的自己会是以怎样的心情迎接毕业的到来，又会以何种方式记录下20余载的求学岁月。厚厚的学位论文固然是我们将寒窗苦读"变现"的成果，而附录里的"致谢"却是我们远航归来，以山大人的浪漫与绚烂回眸那些激荡时光的港湾。很荣幸我的四年博士时光拥有这种令人幸福、振奋的开场，对我来说这不仅是一份荣耀，更是一种责任。

经历10余天的入学适应期，相信很多研究生新生和我有相同的感受，温暖、安心之余怀揣激动、自豪之心，我们迫不及待地想要领略即将在山东大学度过的黄金岁月。作为一个在山大学习生活3年的"老人"，也是如今的"新人"，我深知，选择山大就是选择与志同道合的学术伙伴们继续前进、共同进步；选择读博，就是选择与自己为伴并力求突破自身的极限。走进山大，继续踏上求学之路标志着过去一个梦想的实现和未来新一阶段奋斗的开始。

你要去发光，而不只是等待被照亮！站在台上，只有坚定的目光和高亢的发言。原来曾经坐在台下听师姐师兄们发言汇报的我，也可以去给老师、同学、师弟师妹们分享我的成长感受，这真是一场美妙绝伦的体验，获得感和幸福感在此刻达到了顶峰。

用心倾听完李术才校长分享的四个小故事，我深感震撼。原来每一个优秀的人，都有一段沉默的时光，那段时光是付出了很多努力却得不到回报的日子，我们把它称之为"扎根"。求学之路定会充满艰难险阻，当梦想照进现实，没有人能够拥有永远的坦途。但我们可以在和师友朋辈的交流中获知学术的意义所在，在与个人的独处对话中审视自身、探求真理。

此刻，我们已然正式成为一名研究生，更是一位山大人。山大人，这意味着什么？意味着我们的视野不会局限于眼前的苟且，也不会只关注诗和远方，而是学无止境、气有浩然，将个人命运与时代脉搏紧紧相连，与时代同频共振，在建设祖国中实现自我价值。

"大厦之成，非一木之材也；大海之阔，非一流之归也"。未来的路不会比过去更笔直、更平坦。吾辈身负重托，为了实现人生理想来到山大，开启了人生崭新篇章。从今天起正式作为山东大学的一分子，我们应砥砺初心使命，弘扬山大文化，以优秀前辈为楷模，尽己所能地开阔视野、扎实求学。新时代勇敢的山大人必将不忘初心、肩负使命、追求卓越、胸怀天下，为学校"双一流"建设贡献自己的青春力量，努力成长为担当民族复兴大任的时代新人。

"为天地立心，为生民立命，为往圣继绝学，为万世开太平"。何其有幸，今天能与各位老师、同学相聚于山东大学，我盼望往后的日子里与诸位共同问道于古今，求理于中西；同时也把学问涵养于心，实践于行。愿我们在未来都能秉持人文精神,从容地应对困难挑战,成就更宽广的胸怀、现实关怀与淑世情怀,既关注现世生活,亦追问真理无穷。

希望我们能够一起享受在山东大学的学习生活,不负宝贵时光,成为自己想要成为的人。

(本文为作者在山东大学2023级开学典礼上的讲话)

于人生之春绽放

吉林大学商学与管理学院　王俊辉

尊敬的各位老师、亲爱的同学们：

大家好！

我是商学与管理学院2023级本科生王俊辉，今天，能够代表吉林大学2023级一万余名本科生发言，我感到无比荣幸。首先，请允许我代表全体新生向教育过我们的老师、关心关爱我们的家人、亲友们道一声：你们辛苦了！

我今天非常高兴与感动，我的母校河南省郸城县第一高级中学的王雪涛老师和吉大"优秀生源基地"的老师代表也来到了今天开学典礼的现场！老师，谢谢你们的到来！

初识吉大，便被它深深吸引！我依然记得，在高中的时候，吉林大学的老师们来到我的学校进行招生宣传讲座。从吉林大学招生宣传手册里，我第一次了解到了吉林大学，那时我便被美丽且深沉的吉大深深吸引，并将吉大作为自己心目中理想的大学，这一念想鼓舞和激励了我高中的学习和生活，高考结束后我第一时间对吉大做了更加深入的了解。是千里冰封、万里雪飘的壮丽风光，是吉大的红色基因、黄大年精神的鼓舞，让我最终下定了报考吉林大学的决心，今天，我如愿以偿地来到了吉林大学。

在得知我被吉林大学录取后，我与朋友相约到洛阳游玩，途中的高速上遇到了一起交通事故，我和同伴在事故现场第一时间报警并对被困司机进行了施救。我们施救及时，确保了司机平安。没想到这件小事被路人及相关媒体传到网上，引起了许多主流媒体相继报道，此事让我和吉林大学成为社会和大家关注的焦点。我相信，即使不是我，换成任何一名吉大学子，他们的反应肯定会和我一样，是及时施救而非坐视不管。我想这应该是每一个吉大人该有的样子。

走进吉大，便深深感动于它！人生的"一年之春""一日之晨"就是我们的大学时代。今天我们怀揣自己的理想、承载家人的希望和亲友的祝福来到了吉大，我们是无比幸运和幸福的。

吉大很大，它的大不仅仅体现在规模之大，还在于它以广阔的胸怀接纳来自五湖四海的优秀学子，更在于它的能力、责任与使命之大；自1946年建校以来，吉大为祖国培养了数十位两院院士和70余万名优秀人才，为祖国和社会的发展作出了坚实且不可磨灭的贡献。

"求实创新，励志图强"，吉大的八字校训集中体现了吉大人脚踏实地、艰苦创业、勇于进取、奋力拼搏的精神风貌。我们的责任也从进入吉林大学这一天起而重了起来。

心爱吉大，便深深为之奋斗！习近平总书记曾寄语我们青年大学生："青年一代有理想、有担当，国家就有前途，民族就有希望，实现中华民族伟大复兴就有源源不断的强大力量。"我们作为2023级吉大新生也应当仁不让，勇立潮头，绘就人生的精彩，助力祖国的昌盛。我们的眼里是星辰大海，我们的胸间是万里昆仑，不负作为一位吉大人和中国人的责任与使命，更不负这盛世所寄予我们的厚望。

"劝君莫惜金缕衣，劝君惜取少年时"。4年时间说长不长，说短不短，但是切不可碌碌无为而虚度这意义非凡的4年，那样的大学生活是没有意义的。在接下来的4年里，让我们在吉大校园里一起欢笑、一起奋斗、一起面对、一起成长，"正春华枝俏，待秋实果茂，与君共勉"。让我们绽放于这人生之春，让我们以吉大为荣，让吉大以我们为傲。同学们，让我们一起为我们所深爱的吉大而奋斗！让我们一起高声呐喊：吉大，我们来了！

最后，衷心祝愿各位老师身体健康，工作顺利；也祝愿同学们心有远方，学有所成。

（本文为作者在吉林大学2023级开学典礼上的讲话）

成长无悔拼搏志　青春有为正当时

重庆大学　萧琦诺

尊敬的各位老师，亲爱的学弟学妹们：

大家好！

我是重庆大学学生会主席团成员、自动化学院2020级自动化专业本科生萧琦诺，很荣幸能作为学生代表发言，我发言的题目是：成长无悔拼搏志，青春有为正当时。

今天，歌乐山下、嘉陵江畔，重庆大学迎来了它朝气蓬勃的2023级新生，从今天起，我们拥有了共同的名字——重大学子！在这里，请允许我代表学长们，代表重庆大学学生会，向大家的到来表示最热烈的欢迎！

时间飞快，3年前的我一如初来乍到的大家一般，一边怀揣着对未来的憧憬与期待，一边心怀着对未知的紧张和忐忑。如今再回首，重庆大学已经成为我人生中最重要的一段旅程，这一路有欢声笑语，也有汗水泪滴，谨以我的所思所想，分享给大家。

重庆大学，是崭新的起点。在这里，我们在藏书万卷，人性化、现代化的图书馆接受思想洗礼；在设计先进、崭新齐备的体育馆锻炼强健体魄；在科学严谨、设备完善的实验室冲浪学术前沿；在琳琅满目、飘香四溢的食堂品尝人间烟火……不论是嘉陵江畔吹拂的晚风，还是缙云湖边夏日的蝉鸣，在重庆大学，成长没有一成不变的模式，但重大的生活学习环境，永远是同学们立志拼搏，在人生答卷上勇敢写下"解"字的坚实依靠。

重庆大学，是广阔的舞台。在这里，我们在"重大开讲了"聆听大师讲座，在"学霸工作室"汲取备考经验；我们既能选择学有余力的辅修专业，也能参加丰富多彩的校园社团；既能参加才俊云集的"互联网+"创新创业大赛，也能领略机甲大师高校联盟赛的科幻炫酷。弘深书院里，是科学和人文的双重浸润，两江明月湖边，是工程科学的产教融合。在重庆大学，不论我们选择何种道路，总有人为我们指点迷津，也总有人与我们并肩前行。

重大学子，以"拼搏"为青春底色。在这里，我们能接触扎根热土的社会实践，也能参加热忱满腔的志愿服务；我们会为歌声朗朗的校园歌手大赛舞动双手，也会为思想碰撞的华语辩论赛加油助威。重大学子，能远赴大湾区澳门，在"五四"青年峰会建言世界级城市群建设；也能扎根祖国边陲，在云南绿春以支教事业投身西部建设；能在世界大运会上担当火炬手、执旗手，展示重大风采；也能在大漠的油田中创新开采技术，成就大国匠心。重大学子立大志，明大德，成大才，担大任，在一往无前的奋进拼搏中，践行启兹天府，积健为雄的初心。

重大师生，以"担当"为奋斗信条。从月球上的第一片绿叶，到低风速区的风机高塔，奋斗路上，我们寄托家国情怀，我们放飞个人理想。周绪红院士和王宇航教授团队成功研发全球首台165米级预应力钢管混凝土格构式塔架，打破国外在风电机组高塔结构领域的垄断；潘复生院士带领团队成功试制全球最大镁合金超大汽车压铸件，引领国家汽车制造工艺和镁金属资源应用；校友李尚福上将，作为我国航天科工事业的重要专家就任国防部部长，成为维护国家安全和稳定的一面旗帜。佑启乡邦，振导社会，不仅是校训，更是重大人在时代浪潮中有所作为的冲锋号角。

成长无悔，在崭新起点立下拼搏之志。青春有为，于广阔天地抓住担当之时。

同学们，我们生逢其时，让我们一起有为奉献，谱写青春华章；报效奋行，誓作时代前锋。成长无悔拼搏志，青春有为正当时！

（本文为作者在重庆大学2023级开学典礼上的讲话）

声 明

本书所收文章，我社曾在第一时间联系了各大院校，截止到图书出版前，因种种原因，部分作者未能联系到。为了图书出版的完整性，展示更多优秀篇章，使本书不留遗憾，我们对这部分优秀文章进行了保留处理。恳请相关作者给予理解和支持，特此表示感谢。请见此声明后与我社联系，以便商榷稿酬及其他未明事宜。